U0596955

海天译丛

主人的

[法] 樊尚·梅萨日 著　　林苑 译

Vincent Message

Défaite des maîtres et possesseurs

海天出版社（中国·深圳）

图书在版编目（CIP）数据

主人的溃败 /（法）樊尚·梅萨日著 ；林苑译. —
深圳 ：海天出版社，2018.1
（海天译丛）
ISBN 978-7-5507-2239-2

Ⅰ. ①主… Ⅱ. ①樊… ②林… Ⅲ. ①长篇小说－法
国－现代 Ⅳ. ①I565.45

中国版本图书馆CIP数据核字(2017)第314689号

版权登记号　图字：19-2017-094号

主人的溃败
ZHUREN DE KUIBAI

出品人　聂雄前
责任编辑　林凌珠　岑诗楠
责任校对　李　春
责任技编　蔡梅琴
封面设计　知行格致

出版发行　海天出版社
地　　址　深圳市彩田南路海天综合大厦　（518033）
网　　址　www.htph.com.cn
订购电话　0755-83460239（邮购）　83460397（批发）
设计制作　深圳市龙瀚文化传播有限公司 0755-33133493
印　　刷　深圳市华信图文印务有限公司
开　　本　889mm×1194mm　1/32
印　　张　7.25
字　　数　133千
版　　次　2018年1月第1版
印　　次　2018年1月第1次
定　　价　38.00元

作者简介

樊尚·梅萨日，法国作家，巴黎高等师范学院文学与社科专业毕业，在柏林和纽约生活了一段时间后，2008年起在巴黎第八大学教授比较文学。著有《守夜人》《多元小说家》等，2009年获Prix Laurent-Bonelli Virgin-阅读奖，2010年获Vocation 文学奖。

把水火、空气、星辰、天宇及周围一切物体的力量和作用认识得一清二楚，因势利导，充分利用，便能成为自然的主人。

——笛卡儿，《方法论》，第一卷，第六部分在樊尚·梅萨日笔下，人类在破坏了一切之后，自己也成了原材料。既是幻想小说，又是哲学故事；给人电击，又让人思考。

——《文学评论》

读这本小说，就像剥洋葱，层层剥开一个我们人类已经无法治愈的新人类世界，拷问着人类盲目甚至兽性的统治的后果。

——《解放报》

樊尚·梅萨日无情地深入到敏感之处，既不怕想象未来的世界末日，也不怕给自己的小说取一个19世纪无政府主义政论小册子那样的书名。

——《转团》

献给克洛伊

致中国读者

我带着一种紧迫感写了这部小说。之所以生出写小说的念头，是因为有一天，我突然想到，若要使更多人意识到我们让动物所遭受的一切，一个简单的、调动基本伦理道德的办法，也许可以是想象一个角色颠倒的世界，在这个世界里，我们不再是主宰者，而是被奴役的物种。大多数小说着眼于人类世界，于是，以非人类视角出发写故事的可能性吸引了我，我想，以此能够达到质询人类与其他动物物种之间关系的目的。

正如笛卡儿在《方法论》中所憧憬的那样，自然的主人和占有者，首先是人。这一漂亮的称谓，体现了笛卡儿通过开辟自然科学的道路造福人类的希冀。我们是这一科学运动的继承者，每天都在享受它带来的成果。然而，由于这一运动长期倚靠的是对生态系统的扭曲认识，我们开始自食其果。从20世纪70年代起，研究气候变化、森林面积减少、海洋酸化的科学家们便警告：情况很严重，而且从此会变得越来越糟糕。照这样的趋势，人类的遗产不会是城市、文化或艺术品，而是绝大部分生命的毁灭，以地质年代为单位的话，毁灭不过是几秒钟的工夫而已。

然而，我们与其他动物的关系在这场危机中扮演了一个重要角色。每一年，光是为了给自己供给食物，我们要杀掉六百亿陆地上的动物和一万亿海洋生物。畜牧业的温室气体排放量占全球总排放量的15%，相当于整个交通运输行业的排放量。第六次物种大灭绝大步前进，我们对地球生态系统的操控正是最大元凶。我们向野生动物发起的是一场毁灭性的战争，对于大多数养殖的动物，我们为它们精心安排的是在禁闭中度过苦难的一生。前者也好，后者也罢，它们都是有痛苦感知能力的生物，我们驯服它们，支配它们，这其中的暴力没有任何正当理由。我们对此往往浑然不觉，因为长期以来我们被一整套物种歧视的偏见所裹挟，固执地把人类哪怕是短期的利益置于其他物种哪怕是生死攸关的利益之上。我们的灾难意识觉醒得腼腆而缓慢，比灾难本身恶化的速度要慢得多。

面对这场危机，我们在接下来的几十年里必须完成三重转变：首先，加快人口过渡，使世界人口向减少的可控趋势发展；完成能源过渡，停止开采化石能源，使用可再生能源，同时限制出行和生产；开始食物过渡，扭转当前肉类和鱼类消费快速增长的趋势，向素食过渡。不用说，生态危机与社会的不公正也密切相关：发达国家对我们今日所处的境地负有很大的责任，有义务帮助新兴国家进行过渡；世界上最富有的人群是最大的污染者，而贫困人口则是环境恶化和新气候现象的最大受害者。如果狭隘自私的民族主义或个人主义妨碍我们改变前进的方向，工业文明的某些支柱很可能在一个世纪之内轰然倒塌，我们将身处一个越来越不适宜居住的世界。

几年前，我对这些问题尚不够了解，没有形成这样的全局观。相关的科学知识是存在的，但有时难以接近，也还未进入大众的视野。在克服了灾难性后果带来的眩晕之后，我们也许会发现，当下再没有比生态危机更急需我们正视的问题了：正因为此，文学应当去面对它，所有思想领域都应该去面对它。

在这部小说里，我试着创造一种混合寓言、哲学故事或者人们有时候称为反乌托邦故事的类型。寓言故事往往给人套上动物的皮囊，说的还是人。我则试图反转这一机制：我写了一本关于动物的小说，但动物大规模缺席，因为取代它们的是人类，是人类在经历动物的生与死。我也希望借此重新激活从启蒙时期流传下来的哲理小说传统：18世纪的欧洲，伏尔泰或斯威夫特等作家通过纯粹的外来人的视角描述他们所处的社会，这些外来人不无讶异地解读着陌生的社会风俗；或者相反，通过欧洲旅人在远方世界的发现来启迪读者。总之，通过哲理小说的形式来完成对当时社会的批判。今天，我们同样需要虚构故事与现实拉开距离，对体系进行批判，因为我们需要重新思考的是，我们的整个生产体制以及我们与其他生命的关系。欧洲的启蒙运动打破了贵族阶级对其他社会阶层的压迫，但仍有许多问题遗留在阴影中，其中就包括动物的命运问题。私以为，我们需要新的启蒙运动来继续对世界上普遍的压制提出质疑：精英阶层对平民阶层的压制，在许多地方，平民阶层的遭遇比奴隶好不了多少；男性对女性的压制；我们人类对生态系统和动物的压制。就像故事讲述者马洛·克莱斯所言，我们共同的目标可以是减少这个地球上无处不在的痛苦。

看到这些文字今日得以在中国发表我感到格外高兴。我自青少年时期便对20世纪的中国十分感兴趣，中国多样的文化一直令我着迷。2013年我前往上海和云南，2016年去了北京和陕西，这些旅程让我对中国的兴趣有增无减。在此我要对这本书的译者林苑深表谢意，编译过程中我们时常沟通，我感谢她所做的工作。这部小说审问的是人类在生态危机和物种保护问题上肩负的责任，我愿意相信它可以让中国读者产生共鸣，因为不管在法国还是中国，这些问题都是社会关注的焦点。希望它能让读者在喧闹的辩论声中听到虚构文学作品的声音，它永远不会是最有力的，但在我看来，却是最优美、最不可或缺的声音之一。

作　者

巴黎，2017年11月

1

我刚从医院回来，关上门，背靠在门上，因为已经站不住了，然后倚着门滑到地上，嘴里轻轻嘀咕了一句：“到家了。”看着自己的身体躺在门厅过道里，几乎无法移动，我能明显地看出它在颤抖，就像那天在河边看到的树。一路上我就已经在发抖，如果这颤抖只取决于我，我会选择停止，但现在人们看不到我了，我远离了所有目光，却抖得更厉害。身边，一切看起来都很亲切，是我熟悉的房子，我拥有的房子，我在这里住了快二十年，可嘴里重复的这句“到家了”听起来却那么不真实，更不能使我安心。我心想，这些房间——当我站起来走进去——是否用它们貌似彻底无毒无害的平静模样，在跟我玩恶作剧，让我忘掉业已启动的倒计时。来吧，现在。我心得狂跳起来，不然疲惫会将我击败。玻璃窗外，城市的黎明很快就要到来，不是我喜欢的那种黎明，而是一个险恶的、冷漠的黎明，一个不给我留时间喘息的黎明。我也许得立马振作起来，套上别的衣服，抓起上班的行头，迅速出发。我没这么做，貌似。无法起飞。我似乎需要思考一下，想象应对的策略，或者，至少认清不应误入的方向。问题已经够严重了，不能再走错一步或慌不择路，使情况变得更复杂。焦虑出现了，而且占了上风，我要用词语和它保持一定距离，跟着词语的节奏，放慢我的动作。我要求助于言语，好让斗志前来搭救我于险境，就像我曾经搭救他人于泥潭。

说起来不像真的——这已然属于另一个世界——但仅仅是昨天。同样的地方，几乎同一个动作：推开家门。家中静悄悄的，我心头顿生讶异。我等着某个地方发出点什么声响，客厅里或某个房间有点什么动静，或者有人抱住我的脖子，或者至少说声晚上好。我四下转了一圈，低声喊着，心里还在想着别的事，头脑完全被白天部里的钩心斗角和阴谋圈套占据。可所有房间都转过了，不见伊丽丝的踪影。我来到露台，注意到推拉门的锁没有别上。高层建筑物的灯光有时候很亮，尽管这种情况越来越少，但这一天很闷，光线在微粒的阴霾背后书写着夜晚的幽灵密码。我打开工具棚和温室的门：依然不见伊丽丝。白天她肯定不会在露台上工作的，小灌木和树叶上挂着三月里的黑灰，那么浓，密到渗入我们用来放置喜阴植物的棚屋里。我感到身上有什么在加速。面对这凝固的空气，我真希望来场大雨冲刷洗尽这一切，或者一场风暴，通通刮走——当然了，别是伊丽丝还在大街上跑的时候。我靠近栏杆，刻意把动作放慢，因为我能感觉到自己的不安，怕干出什么傻事。我弯腰朝马路上张望，然后沿着露台的栏杆走了一圈，查看楼下房子外围的花坛。灯光昏暗，照明显然不足，但也不影响，我在夜里仍有良好的视力。我看得清，没有尸体。我长出了一口气，第一道诅咒解除。

我在露台上又待了一会儿。城市保持安静，能听到的只有车流的声音。如果竖起耳朵细听，留神所有的节拍和暗中的运动，还能听见空气滤网的呼吸，呼气、吸气，像耳朵早已听惯了的低音贝斯，必须集中精神才能分辨。是的，就这样，伊丽丝走掉了。对外面世界的渴望在空气的震颤中升腾，抹去了我能对她说的一切。在她状态还不错的时候，我总想方设法在我们的对话中有意无意地说起，反对她外出的各种理由。那些时候的她还能接受她所必须承受的种种限制。尽管如此，她还是会对我说她感觉两腿发麻，说什么过这种团团转的生活还不如给一枪来得痛快。有时候，她最大的愿望，莫过于一直走，走到离城市高耸的身影足够远的地方。要是让她在自由的风景中奔跑，我都不敢肯定天际能拦住她。我能理解。只要稍微认识她或者观察她几个小时，就能猜到她不是那种能宅的人。在这方面她已经做了足够的妥协，她受够了。虽然窗前视野开阔，这房子既适合躲藏也不会让人感到憋闷——

这也是我喜欢它的地方——俯瞰下去，城市在眼前摊开，一览无遗。它甚至能给人住在天顶的感觉，但伊丽丝越来越难以忍受足不出户的日子。我们得换个地方居住，找一个风险小一些的地方。这里，处处危机藏匿，多到我不想一一列举。这里，混乱的大都市，驯化的外表后面是无尽的野蛮，不怀好意的人四处游荡。一大批因赤贫而陷入病态的人，只等待一个可以抢占他人所有的时机，或把自己的存在感寄托于暴力行为之中。

我来到客厅，坐到扶手椅上，让自己感觉牢靠一些。我给她打电话，无应答。我试着集中精神找到她的定位，却接收不到任何信号。也许网络堵塞了——这种事时有发生，当空气凝固，加上光线影响，微粒便会妨碍信号波正常传播。我看了看客厅屏幕上显示的日期，她是否说起过这天有什么计划，还是她跟我说过她必须出门而我走的时候却把她锁在屋里？我很有可能听岔了，我对她的关心有时不够——她经常责怪我这一点。我得承认，有些晚上，她再努力也无法让我的头脑从部里的工作中抽离出来。每到这时候，我总会扭头看着她，我能看到她眼中的悲伤，因为我无意中显然在提醒她，我们各自属于多么不同的世界。

得好好想一想。我走进房间，开始往浴缸里放水。一心烦意乱，我身上的关节就会像被虫噬一般，那种微微的疼痛难以捉摸又十分顽固，我迫不及待想浸入水中。外面天气很热，但我还是放着滚烫的热水，想消失在蒸汽中。

我想，这样，等我去睡觉时，水还会是我喜欢的温度。不过我没掌握好水温，入水那一刻，我身上皮肉脆弱的地方都在嚎叫。得把凉水阀开到最大，再等等。二次入水，还是烫，但这回烫得舒服，预示着这个热水浴即将带来的平静。我看着墙上贴的蓝彩釉瓷砖：拍打着海岸的浪花，船只的轮廓，岬角上的古老城堡。水贴着我的身体往上漫，我能够思考了。想来的确很奇怪：遇到问题时，我总是要在水里才能思考。就好像思想是我身体里的一种流质，焦虑会阻碍它的流动，只能一滴一滴地渗，除非能感觉到身体处在液态的环境里，可以前往汇入其中，它才会真正流动起来。

伊丽丝失踪了，无法取得联系。是的，事情就是这样。这是确确实实正在发生的事。这种情况下该怎么办呢？努力保持冷静，等上几个小时，做不到的话，就冒着无济于事的风险，报告官方。电话打过去，话都说不利索了，还要克服心中的耻辱感，向他们承认不知道该怎么办，坦白自己无能为力，换取他们派出警力接手这副太过沉重的担子。他们会向我们保证，我们可以信任他们，他们会处理。是的，当然，百分之百肯定，这是政府推荐的做法，就写在他们编撰的完美的手册中，他们要求每家每户都备一本。而事实是，当问题出现，我们中的绝大部分人完全做不到手册要求的那样，这也充分证明，要制定出让人想遵守的规定是多么困难，哪怕是在我们这么警惕且天性理智的物种中间。至于我，我有足够充分的理由尽量不去吸引官方的注意。这些理由从一开始就存在，而且，很不幸，至今仍未有半点变化。

那就是伊丽丝的非法身份，这个非法身份到目前为止一直保护着她——不到万不得已的时刻，必须保持这个身份。有那么一瞬间，我想到了往街头的路灯灯柱上贴寻人启事，或在网上发布伊丽丝的照片，写明她失踪了多长时间，但这些做法显然也不太谨慎。

我又给她打了好几次电话，依然是令人心焦的无人接听。她发什么疯？上哪儿去了？她几个月前涂鸦的空置房屋已被封锁，我没忘了告诉她。这显然是官方加强管制的表现，她再回那里去绝对没有好处。也许她上别处找她认识的人——有些人让她倍感亲切，不用刻意去追求身份平等，和这样的人来往当然也是外面的世界对她的吸引之一。若是如此，我完全无从知晓她去找谁了。有那么几回，为了她的安全，我暗中尾随她，也只看到几个身影凑在一起，三五成群，交头接耳，或者背对着我站着，手里握着漆罐，在几乎没有光线的地方，对着墙壁喷涂一些反抗人物的形象，这些形象再由大胆或莽撞的人传播到城市的各个角落。

我在这一缸汩汩作响的水中搅动各种念头。它们来回转动，无影无形，难以捉摸。我心想，需要的话，我就揭开塞子，它们会一股脑被冲走，在漩涡中被卷得粉碎。如果我足够灵活，兴许还能用手指捏住几个好的，其余的就任凭它们消失在下水道的迷宫中吧！有那么一刻——冥思苦想总会把我们带到比我们的本意更远的地方，让不那么光彩的念头浮出水面——我甚至想到会不会是萨斯琪雅再次妒忌心泛滥，揭发了伊丽丝。迟来的妒忌，比她此前在我面前经常表现出来的更恶毒。这似乎不是不符合逻辑，这样的故事版本也能说得通。不过，最近这段时间，我们之间的关系还是可以的，即使谈不上好，至少没比我们能想象的前伴侣的关系差。我于是打发了妄想，对自己说，不该胡思乱想，萨斯琪雅和我之间还足够相互尊重，她不至于给我来这么一手。

然后，电话就响了。我的心又狂跳起来，像中了埋伏一样大吃一惊。某个人的声音，从远处传来，在我耳边产生回响，她很大声地说话，企图盖过身边的嘈杂。我几乎肯定，我是头一回听到这个人的声音，除非我的耳朵出了毛病。但她却知道我的名字，而且说出我的名字时语气里还有些郑重其事的意味，大概是为了掩盖一开始的不自在，让我马上竖起耳朵：有人在路边发现了伊丽丝，在城市东边的出口，十有八九是被车撞了。救护车已经在路上——我也应该马上赶过去，如果我动作够快，他们会等我。

城市很大，这点不容忽略。它用高楼之间的步行天桥侵犯天空，用架在街道和运河上的铁道将其横生拦截，用布满公园、“蚁城”和废弃工厂的高地对抗直线。它四处挖掘，笨拙地想修复犯下的错误，企图用隧道把被高速公路的宽阔路面粗暴劈开的街区黏合，但无济于事。它从上面绕，从下面绕，绕来绕去总还是碰壁。即便这些是我生活的日常，即便我脑中的某个角落有一张无形的城市地图像牢固的蜘蛛网一样摊开，但这天夜里，这个城市还是太长，长到难以穿越。城市里车水马龙，没有尽头。显示时间的数字跳得太快——我本该到地方了——却又让我觉得慢得荒唐，时间滞留了，它盯着我的眼睛，好像永恒就在我面前。没人明白，没人说话，没人抬眼。

我集中精力赶我的路，捷径、对角线。我想，她没在车祸之后被贼人发现，趁她不省人事时把她掠走，这已经是不幸中的万幸。

我终于到达现场时，夜色已经四处弥漫。最后几步，我刻意放慢脚步，平复呼吸，强迫自己镇定，然后在急救员队伍中拨开一条道。有一双胳膊拦住了我，我报出名字，只是我的名字，也就是说马洛·克莱斯。我没有刻意加强语气，但声音里透着一点愚蠢的自豪，那种知道自己这一次总算站在舞台中央，没有自己，台上的表演意义都会不一样的自豪。人们让开了，觉得也许得由我来把她抱上担架。我抱起她的身子时，她的头往后仰了过去，我只好把它靠在我肩上。她的头发散着，黏成一绺一绺的。我已经很久没抱过这么一动不动、这么沉的她，而且我也开始感觉到，味道有点发甜的、温热的、湿润的血正在从她的左腿往下滴。他们告诉我，胫骨和髌骨看来有骨折，脚严重受伤（他们说的），也就是说差不多血肉模糊了（我理解的）。没人看到事故发生——没有目击证人，这多少也是天意。司机于是觉得在这种情况下逃跑更加合理，也不会显得那么没良心。他们还在跟我讲话，半是陈述事实半是安慰，但救护车的发动机轰鸣盖过了他们的说话声，这并不要紧，反正也没什么可听的。我上了车，坐在一条类似长椅的东西上面，握着她的手。周围一片嘈杂忙乱，词句、命令，噼啪作响，但都到达不了我这里。我看着她一动不动紧闭的双眼，才意识到我其实更愿意看到她疼得发抖。毕竟，只要她还能意识到疼痛……就在这时——就是这一刻，而不是另一刻——一些画面开始强行闯入我的头脑，不管我愿不愿意。这种画面，这里的人管它们叫回忆。

抬起她，抱着她，拥她在怀里，这是我的日常习惯，但不是在如此狼狈无助的境况下。我意识到——尽管我很不愿承认，眼下的情形迫使我想起我们的相遇。那时候伊丽丝还不叫伊丽丝，她躺在那片泥地里，看着我，眼里写满恐惧和活下去的欲望。

我突然下了决心：掀起她身上毯子的一角。在外面的时候，因为是夜里，我看不清——哪怕难以承受，我也得知道伤势如何。现在，聚光灯很亮，亮到过于赤裸裸。

腿的下部皮开肉绽，血淋淋的，折断的胫骨刺穿了一堆肉，脚还大概能看出来是只脚，但从它摊在担架上的角度来看情况很不妙。我极力掩饰。有一只手按住我的肩以示安慰。急救员这时候没别的事可做，他们坐在那里，目光都落在我身上，眼神里充满怜悯，这种同情让我害怕：尽管我想不出别的办法避免，但我实在不愿别人查看她的伤口，看见这些肉。

别的画面。那是在春天——记忆中突然到来的春天。我们在乡下住的房子周边山峦连绵，一阵大雨下过，雾气蒸腾，水珠闪烁。伊丽丝很快就跑来找我，她才不管我是在休息还是在干活，她要出门，要抓住天赐的这一刻，不然，万一天又阴沉下来，那该多么遗憾！有时候，我自己也迫不及待，大多是为了哄她开心。但不管怎样，我都会装备齐整，跟她一起出发。外头，每片叶子都挂着亮晶晶圆滚滚的完美水珠。我们就这样走着，不看时间，这一带都是不高不低的山，每一处拐弯都是景色更迭，走多少路也不会感到疲惫。我不知道这一景致是如何、又是从哪里进入我的大脑的。黑压压一片密集的冷杉林。

天文台的轮廓在东边显现，矗立在这一带最高的山峰上。伊丽丝走在我前面，动不动就撒腿狂跑，跑跑停停，但很有爆发力。我看见了她的腿，这双腿优雅、修长，在向我示意，让我跟上去。她突然在路边停下，摘一朵小黄花咬在嘴边——加上插在兜里的双手和一头被雨打湿的乱发——看起来就像一个叛逆的年轻女诗人。空气把我们浸透，还有草木的味道。温带海洋性气候地区的土地，以前应该就是给人这种感觉。但天空飘着的云，还有田野里并非因疼痛才颤抖的麦穗，它们提醒我们鸟类已经消失不见。我们越走越远，碰到了一匹马。马所剩也不多，它们伸向食槽的长脖子就跟山谷中枯死的树一样孤独。伊丽丝跃过铁丝网，靠近它，面带微笑，朝它伸出手，谁都无法拒绝。她跟它絮叨了一会儿，说她很清楚，如果换作是她，会有什么感受。她在它耳边低声说了一些打气的话，直到她觉得足够让它再撑上一阵子，才又回到我旁边，继续跟我东拉西扯。她说，这雨后的光亮兴许是她最爱的光亮，因为这光亮让最暗淡最模糊的东西都有了轮廓。她说完，我突然感觉眼前一亮。没有她，我只能看到一半。不管怎么说，必须承认，他们对光的感知更为细腻，他们对这一切更敏感，尤其是她。她接着阐述、推论，说我们再也无法描绘出这样的田园风光：离现实太遥远——当然，除非画的是养殖场——如今，到处是愤怒和担忧的画面。她更年轻的时候，我们会跟萨斯琪雅和亚尼斯一起到乡下去。她真是如鱼得水，甚至觉得应该把家安到那里去。此后，她会想念她在城市里建立起来的东西。待在乡下，她好像什么都不能做主，这种被放逐的感觉比她在高楼不得不忍受的狭隘的生活更沉重。但这些被风吹得四散的漫步时光，若不是用来画的，至少是用来过的。“你瞧，我们不必非要用这一刻来干什么，它为自己而存在。这一刻是送给我们的，不是吗？所以，不要放手。”她总爱说这种语气坚决的话。

然后她就走远了，我看见了她从高帮皮鞋上方露出来的小腿。

一路上，救护车的警笛在夜晚的车流中给我们劈出一条震耳欲聋的通道。当车门打开，人们将伊丽丝的担架推上通往急诊室的水泥斜坡，行动效率如此之高，我心里略有些安慰，以为一切都会顺利，鉴于她伤势严重，每一阶段都会同样迅速。但一进里面……我就意识到事情不会那么简单。

急诊室人满为患，等候大厅里已经没有空余的座椅，有的等待者呆立不动，有的来回踱步，墙边的担架一溜排开，好似一列致敬的队伍，阵势颇为吓人，走廊也越发狭窄，空气里有汗水和消毒液的味道。和所有同胞一样，我知道我们不会在他们的健康方面投入太多，但我还是没想到会是这样一番情景。他们都在等待，独自一人，或者由主人陪着，眼神空洞，半夜里的疼痛和焦虑仿佛让他们悬在了时间的气泡中。时不时有人试图通过发火来证明自己不是等待队伍中的一个号码，而是一个正忍受痛苦、值得被认真对待的人，如果等太久，他也是一个完全有能力把事情闹得很难看的人，从而达到自己的目的。对面的人早已习惯了被冒犯，所以工作人员和病人之间隔着一面拳头也无法撼动的有机玻璃。生命总是挣扎着要活下去，却又如此混乱嘈杂，不难理解地球的平衡为什么要靠病毒的周期性爆发灭掉一些人来维持，通过死亡这种值得商榷的方法，为活着的人重新赢得一点呼吸的空间。

未来这一夜的前景如噩梦般清晰起来。我将坐在这张劣质的塑料椅上度过这个夜晚，眼睛盯着一动不动的担架，脑子里想的是那些随着时间流逝而腐烂的肉。出于反抗的本能，我开始在心里把通讯录上的人名逐个调出来，看看在我学生物时期认识的人或萨斯琪雅结识的医生里有没有谁——哪怕关系很远，好几年没联系——能让我被特殊照顾一下。信奉平等者如我，当然不希望搞特殊，我们坚持一视同仁，直到有一天自己发现自己原来都被当成屎来对待，我于是咽下了那些漂亮的原则，鼓足勇气准备给萨斯琪雅打电话，告诉她眼下的状况，寻求她的建议。这时，急救员过来通知我，伊丽丝马上要进手术室。看起来她的情况是真的危急，跟有些病人因为想尽快得到治疗而虚报病情不是一回事。的确，他们可能等到第二天早晨病情也不会有什么变化。我松了一口气，但这很可能意味着情况不妙。我跟在急救员后面，加快脚步，上前又一次握住伊丽丝小麦色的手，亲吻她紧闭的眼睛，好像我对她的爱能有什么帮助似的。她看起来还是毫无知觉，但我隐约感觉她的手有所反应，也许是我天真了。然后，她的担架就消失在防火门后那一道接一道、让我觉得不可逆转的通道里了。

有人来领我往住院处去。不知道是心理作用还是现实真的如此，我能感到身后有等待多时的病人发出不满的嘘声。我本以为只需办理一些简单的手续，站在窗口随便填几张表，结果却来到一间小玻璃房门口，被要求坐下。我进屋时，他们走到我面前，列成一排，开始盯着我问问题，声音温和，口气却很直截了当。伊丽丝的身份环碎了，无法使用——急救人员能从中获取我的电话号码已经是个奇迹。我必须把我所知的她的病史详细告诉他们，好让手术室的人掌握她的情况。

我们一起回顾她的过往：他们依次在方格里打钩，写下相应的备注。我说了我认为重要的信息，尤其是麻醉方面的问题，但最核心的问题我只字未提。我自觉已被他们的层层追问所俘虏。这种咄咄逼人似乎既是出于条件反射，也是职业骄傲感所然。有个声音用吓人的口气在我耳边低声说，我最好赶紧回家一趟，去取她的备用身份环。当然，这是肯定的，得这么办——也就是从这里开始，事情陷入僵局，焦虑涌上来，把我紧紧箍住。我嘟哝了一句，这已经是备用环，原来的身份环几个月前坏了，我还没来得及去换新的。一直再拖，你们知道的，虽然知道有件事必须得做，但到头来还是没做。

接着，我觉得加一句“我在部里工作”也许有用，好像能证明我是个大忙人。我试图为自己辩解，但他们微微点头的样子却显得我更应该受谴责，不过他们没再往下问。他们当然见过更离谱的，从我的粗心和满脸泛出的尴尬，到那些每天来闹事或呼天抢地或在走廊里瞎晃悠的行为异常者，这中间还是有一段相当的距离。其中一个担心我忘了手续，递来一张紧急申请办身份环的说明单，又给了我一个地址，说在新环办下来之前得把必要的材料寄去。我当然知道规定：紧急情况下先手术，阻止伤情恶化，但在我把这个年轻女子的身份正常化之前，不会有更进一步的治疗措施。

几句话，就这几句话，平淡无奇，说得轻松。他们告知我这一道道行政关卡，说得好像我只要老老实实履行这些手续，生活就会恢复正常。这些手续仿佛是为了不让我绞尽脑汁免得我麻烦，甚至从某种程度上说，是为了让我忘记，其实世界上没有任何程序能阻止事故的发生。

只不过，涉及到物种，这些关卡只能让问题变得更复杂，在我心头又纠起第二个结。而且，当他们提起这事的时候，我开始发抖。在此之前——也许现在听起来不像那么回事，但我想事实就是这样——我还勉强能控制自己的表现，害怕帮不上什么忙，面对这一系列障碍，要一步一步来，不左顾右盼。我一下子觉得她没救了，是我害了她。因为我太大意了，总觉得没有身份也能过下去，何必冒莫须有的风险去弄各种假文件。我开始想办法解释，但复杂的谎言并不能信手拈来。我觉得最好还是装作一切不成问题的样子，容我回家把所有需要的材料找齐。说完，我便转身离开，心中有一种强烈的预感，觉得他们可能就要看着我瘫倒在走廊尽头或者玻璃门后的水泥地面上。

现在，我必须找到一个解决办法。在几个小时里，最多一天，为一个非法存在者弄到身份文件……

即使我弄到了——虽然我还不知道怎么弄——事情也不见得就一定能有好结果。万一他们保不住她的腿，或者移植一条新腿也保不住她的人，那他们就会到等候大厅找到我，一脸背负不能承受的世界之重和已经尽力了的表情，告诉我不得不“让她离开”。睡眠充足的话，他们会有足够的气力为我着想，或者出于条件反射想到这句委婉的措辞“让她离开”，不然会说“给她扎一针”。法律无情，但法律就是法律。这一点，作为一个在部里工作的人，我不需要他们来告诉我。如今，众所周知，地球上人太多，我们不能维持重度残疾者的生命。就在不久以前，我们还能想象伊丽丝装着义肢活下去，哪怕是最简陋的那种，那是在人口政策全面调整引起紧缩之前。看她终日从房间到露台，跛足而行，或者压根无法独自行动，绝望至极，不会是件容易的事，我看着肯定要难受。但我也无法想象她马上就要死去，我们刚庆祝过她的二十五岁生日，她至少还能再活三十年——甚至四十年，如果我好好工作，如果改革能通过。

前景不妙——我好像不知不觉中走进了一个捕鱼篓——这种感觉非常糟糕。生命尽头的问题对于许多人甚是关键，于我又多出一层，出于职业需要我必须去关注。人类的一条命值得活到什么时候，谁能知道，谁又有权决定？在道德委员会内部，我们无时无刻不在接受这个问题的拷问，在那里这么多年，我也没有找到正确的答案，只是对进退维谷有了一些不那么粗浅的阐述方式。换句话说，我不是等到这样的事故发生才变成一个心中有疑问的人。但现实事故发生了，我爱的一个人类被汽车掀翻，这让问题有了更个人的一面，变成生死之间的锐利刀锋。以前的我斟酌着这些，为自己的理智感到自豪。现在，猛跳着的是心，所有猛跳的心都叫人难以承受。今天，最晚明天，如果我拿不出身份文件，那就是他们该有疑问了。如果他们发现，她的归宿本该是在屠宰场的冷冻间，或被切成块码在货架上；发现她能活这么久，是因为我违反了隔离两种生物的制度——那她很快就会完蛋，接着会是我，我得对自己的行为负责。我需要找到一个办法，我的脑细胞得行动起来，解救我们俩。

2

在我们降临之前，人类的足迹已经遍布这颗星球各个角落，哪怕是最蛮荒的地方或乍一看最难以征服的疆域。不管怎样，暴风雨中的峭壁上总是有灯塔纤长的身影。在积雪不化的高山顶上，仿佛有只手在重置崩落的石块。这种总想无处不在的欲望意味着什么，他们中有一些人会问，并流露出担忧，但总的来说，这还是很适合他们的：他们是建造者，热衷于留下痕迹，甚至不能接受自己的痕迹在岁月的损耗和凌乱的风中被抹去。

在没有介入人类生活的情况下，我们观察了他们好长时间。拿定主意之前，没必要让他们知道我们的存在。是留下来，还是重新出发，继续我们的路程？需要时间来研究这个问题，当然不能贸然行事。最初——我没有经历这一时期，但他们经常跟我说起——我们待在无人居住的海岸，这颗星球上这样的地方还真不少。我们整日在海里偷着捕食，只有在人迹罕至的地方或星稀月暗的夜晚才会冒险往内陆去。这样的等待中，这种连我们自己都弄不清是否恰当的相遇里，我想象应该充满奇怪的感觉。这里头有一点迫不及待。感觉像在经历隔离期，明明新世界就在那里，触手可及，这一片土地已经准备好兑现自己的承诺，又或者，准备好令我们大失所望。

然而，我们并不介意先接触水。原住民当然很重要。但星球才是第一位。当我们说起这颗星球，不如说我们说的是水、海、大洋，无边无际。从远处看这颗球体，看到的是海洋，这是它有别于其他星球的标志，像宇宙中的一个眼神，一下子吸引了我们，让我们决定调转方向。在梦想这颗星球的漫长岁月里，令我们无法忘怀的就是海洋，任云朵的旋涡如何壮观也无法完全掩盖的海洋。我们想象水一滴一滴悄然蒸发，在空中凝结之后再次落下，或和风细雨，或暴风骤雨，清凉，宛若新生。全是水，望不到边，翻滚，再翻滚。这液体的形态，对生命而言，莫不蕴含着无限的希望。这不是一颗在宇宙中失去方向的冰冻星球，不是干涸峡谷那种红，也不是岩石底下几千米深的地方才依稀可辨的液体的踪迹，而是冰川，一泻千里的湍流，蜿蜒流淌的河，沿着湖泊的轮廓升腾的雾墙，馈赠的海洋，鲜活，满载生命。

海洋生物要比人类更早注意到我们的出现。初次见面的害怕和惊愕过后，它们很快适应了我们的存在，甚至可能乐于有我们陪伴，它们没有足够发达的语言能力去警告人类——即使有，它们大概也不会这么做，因为我们对待它们比人类温柔得多。我们以长在海岸或浅滩上的生物或被海浪冲到沙滩上的海藻为食，我们把它们拿到淡水塘中去除盐分。在一个地方生活了一段时间之后，如果发现那里的环境需要再生，不管多少艰苦劳顿或者生活习惯已经养成，我们都会速速搬离，因为我们不愿意把任何东西用光耗尽。这一时期，如许多事情的开头，进展缓慢，或许仅仅是出于谨慎，为了达到移居这颗星球的目的，我们团结行动，像这里的动物一样，藏匿自己的足迹，能只拍打一下鳍绝不拍两下，因为我们谁也不想惊动，因为喜欢这个地方，想长久地留下来。

人类呢，他们在我们遇到的所有物种身上引起的恐惧都如此强烈，以至于这种恐惧也渗入了我们的身体。我们担心，如果他们决定要对付我们，不知会是怎样的后果。我们分散而居，一来避免引起他们的注意，二来也是为了灾难发生时——万一他们派些军队来和我们碰面，或者海啸突然来袭——我们的计划不会受连累，还可以继续开发周边，兴许能扎根、生存下去。水面，在阵阵涛声或嘈杂巨响中，我们开始识别色彩鲜艳的集装箱金字塔重压下的长形商船和大腹便便的拖网渔船。水下，我们学会了如何躲过声呐的探测声波，这些声波捕捉着险要的地貌，窥伺着待捕的鱼群，像一声声的召唤在水中传播，千万不可回应。

所有这些船只，小型船队也好，无敌舰队也罢，在辽阔的海面都形同微型玩具，却有着极大的破坏力。我们看着他们作业。观察，观察。辨认谁可能是同盟谁会是对手。拖网渔船牵着巨型的渔网，刮着海底，翻转泥沙，拔除植被，拖拽着鱼，一拖就是好几公里，然后再把它们砸到岩石上。这么几个来回之后，剩下的，只有坟墓一般的海洋，空白，荒芜，漂荡着死珊瑚的骨骼，如鬼魂出没。一开始，我们无法知道船上接下来会发生什么，可以肯定的是，这些鱼，在经历了网眼的撕扯、同类的碾压和压力巨变之后，眼球外凸、脏器爆裂，只有死路一条，而且死相很难看，剩下的在仓库里挣扎，用痉挛式的跳跃对抗缓慢、必然的窒息。船员进行筛选，扔掉杂物，除了人类不消费的品种，也有受保护的物种：海豚、信天翁、海龟——总之，误打的受害者往往比打击目标来得多，一切战争皆如此。有时候，他们会把垂死的战利品往海里倾倒，几百吨几百吨地倒，因为他们想在更远处捕到同样的鱼群，甚至个头更大的鱼，回到港口能赚更多的钱。我之所以说到这个，是因为这些就是我们的食物。我们不用去捕鱼，只需认得拖网渔船的路线，跟在他们后面，就能捞到点掉下来的食物。千万条鱼安静地往深海里坠落，不管怎样，它们已经没救了。没错，从某个角度上看，人类养活了我们，这话不假。但一说起这事，我们最初的恐惧里便夹杂着越来越多的讶异，还有一点优越感。我们无法理解，这个看起来占据食物链顶端的物种，手段如此高明，怎么能接受如此之多的浪费和无用的死亡，为何默许毫无回报的折磨和破坏。

这一点令我们相当不解，直到有一种说法开始流传，尽管我们无从得知它的出处。说是这一切发生在远离海岸的海水深处，艰苦的海上生活考验着船员，他们被磨炼得乐于展现雄性气概，擅于发扬团结精神。这些人深信，他们才是这个并不属于他们的世界里最容易被俘获的猎物，他们表现出来的暴力只不过是对险恶环境和无处不在的威胁的反击。况且海那么大，创口再怎么血流成河也会被海浪冲洗。陆地上的居民丝毫看不见屠杀的痕迹；他们认为要鱼得鱼是再自然不过的事，只抱怨鱼太贵，绝对想象不到海上到底上演着什么戏。外海对他们无关紧要，他们不像我们，我们与海洋同呼吸，见识过欢快、无拘无束、无所不及的海风，他们不懂；他们也不像我们的侦查员那样，用好几天才冲破那一层层厚厚的垃圾。这些垃圾从江河而来，又被洋流运送到了大洋的环流中央，像一锅塑料浓汤，鱼儿们吞下汤里的碎屑，不是病就是死。海洋对人类来说，依然是诗人口中那眼苦涩的漩涡，是不可测的深渊，连光都望尘莫及。那些能离海岸稍微远点的人，也仅限于沿着海岸线航行玩乐，最多穿越个内海，在甲板上呼吸点新鲜空气，玩两下浪花扬起的水沫，然后就躲在舷窗的厚玻璃后面了。说真的，那有多乏味。曾几何时，在人们把地图铺在桌上的年代，地理学会集结着征服的好奇心，奔跑在石砖码头上的年轻人望见颤抖的船帆，看到的是远行。自从飞机实现了大陆之间的跨越，海洋就留给了军人、工业渔船和挂着可疑旗帜的商船了。

当然，如果他们真想知道是怎么回事，其实也不难——有一小部分人为此努力过。但是，若想这样的行动继续，首先还得他们有了解的欲望，换句话说，他们得有好处才行。大部分人选择心安理得，说这种开发海洋的方式的确过于密集。但海洋应该有足够的资源，自己可以恢复。他们多少看过空空如也的海洋和被污染的海底的画面，可这都不够有说服力。这一回，大屠杀就没那么上相了。不管怎样，如果是为了让自己有负罪感或觉得无能为力，或者眼看生活被剥夺，那谢谢了，这样就挺好：他们都觉得平日里已经有足够多的操心事和足够多的限制。

貌似正是在确认这一事实的同时，我们也上了第一节人道主义课，确立了我们和他们之间的最大差异：在他们的头脑里，往往只有近处的、看得见的东西才会得到重视。我们也有类似的缺点，我不否认（大概能力和生命有限制的个体都会有这样的自然反应），但在他们身上的规模却完全不一样。看不见的、离得远的东西都被他们当作无意识的匣子来使用，只要是他们头脑中不想保留的、眼皮底下不想看见的，统统塞到这个匣子里，方便得很。

他们猜到可见世界的美丽和丰裕之角[①]的慷慨背后，是层叠的脚手架、内幕、垃圾场、地下建筑、内陆、肮脏的市郊。美丽诞生于堆积的苦难和丑陋之上，而这些苦难和丑陋，他们永远也不想提起。他们有时候会反对这种不透明，但总的来说，这种不透明挺适合他们的：如果不顾一切想知道每个决定是怎么做出的，每件东西是如何制造的，那他们会天天生活在徒劳的忧心忡忡之中。

我想，最近这段时间里，伊丽丝的生活中发生的、甚至把她变得令我都难以捉摸的，就是她开始拒绝适应，不是生活习惯中埋藏着的隐隐的反抗，而是变得脾气火爆，一点就着。排在第一位的不再是生活的乐趣，而是每天早晨令她猛然起身的不公平感。不扯远了，继续刚才的话题吧！关于我们最初接触到的作为地球占有者的人类，必须承认，知识对他们来说是不够的，尽管这听起来有些荒谬或幼稚。他们需要眼见为实。没有来到他们眼前的东西都与他们无关，他们当它不存在。总之，存在感不会强于被日光驱逐的幽灵。数字也是，对他们毫无意义。虽然

① 西方艺术中可见的装满水果鲜花的羊角，是食物和丰饶的象征。丰裕之角起源于希腊神话，幼年的宙斯生活在克里特岛，由岛上的宁芙女仙们抚养。有一次，一名女仙将被树枝勾断的母山羊的角装满水果送给宙斯，宙斯为了感谢抚养他的宁芙女仙，把这只角转赠给了她们，并且许诺，她们可以从这只羊角里倾倒出她们希望得到的任何东西，而且可以永远取之不尽、用之不竭。——译注

许多人每天花费大部分时间来录入精准的数字，设想可能的事态，但当有人认为某些数字敲响了警钟、必须引以为戒，并且要求大家改变自己的行为时，人们依然当他们是兴奋过了头，或是痴人说梦。认真的人，大部分满足于埋头收集细致又枯燥的数据，然后，卖给愿意付钱加以开发的人。从这个角度来看，未来，以及未来的后代，对他们而言就跟海底一样深远：他们偶尔会提及，表现出某种担忧，可即便多么渴望，也无法经历啊，也不能去转一圈看看未来是个什么样。

这一时期——在这漫长的等待里，早年的海洋生活让我们爱上了水——我们不断接收到的信号是，人类是统治这里的物种。如果我们想要在此定居，就必须和他们谈判。令我们感到不可思议的事情之一，是他们曾经还设法和我们取得联系。他们窥伺着其他形式的生命，往太空发射电波，在结晶岩的高原上安装巨型天线，试图捕捉到我们的踪迹。

他们中间甚至有很多人认为（尽管这种想法并没有持续太长时间，但经历类似情境的我们还是感到无比尴尬），我们是因为收到他们发出的信号才来的——接到邀请不搭理可不好。简言之，就是他们召唤我们，我们就立即赶来了。他们为什么要召唤我们呢？这个嘛，自从我们能明白他们的话之后，他们就不停重复，说是因为他们在浩瀚的宇宙里感到孤单。他们很矛盾，心想，如果宇宙是无限的，那他们怎么会是唯一呢？在这一点上，他们倒是没想错。但确切地说，让我们觉得尴尬的不是这个。毕竟，我们的出现恰恰证明了这个问题问得是多么合情合理。不过，他们不是宇宙中的唯一，也不是这颗星球上的唯一，这一点，他们中的大部分人的意识很模糊。他们几千年来养殖的、猎杀的、捕捞的动物不足以成为他们的陪伴者。动物被抛弃，被流放到远离城市的地方。他们越来越坚决地认为，动物是无足轻重的外物。陆地上一千亿，海里一万亿：他们每一年杀掉的动物比有史以来在战争中死掉的人还多。但他们不把动物当受害者，也不管这叫战争，他们看到的，只是一种获取食物的方式。那些被他们灭绝了的两栖动物、鸟类和哺乳动物，当然值得活下去。被问起这事，他们都表示完全同意，但如果动物阻碍了发展，那就是另一回事了，不管在哪里，发展都是最重要的。面对动物谜一样的面孔，他们感觉自己无法被理解，而且挫败感是相互的，他们也无从得知动物中发生的事——于是他们得出结论，动物天真地忙碌着，出于本能而重复嘈杂的行为，没什么值得一提。

人类不喜欢孤独，但又只能和自己几乎没有差异的物种才能相处得来，只有一小撮人预料到其他物种当然不会是他们想象的那样。他们内部撕裂，在自己和这世界的其他生物之间挖出了骄傲的壕沟，然而又拿出眼光长远的姿态，惊吓自己，设想截然不同的异类突然杀将出来，冲击他们的世界观，推翻他们信念。

有一阵子，我知道我们的决策层倾向于这一方案：不动声色地等待，必要的话等上几十年，保持低调，看看剧情在这个对他们来说已经太小的世界上如何演变。就当作对他们的考验，但是暗中进行，因为他们对我们一无所知。即便人口数量庞大到资源之战似乎不可避免，他们依然没有因资源匮乏陷入恐慌，而是成功地建立起范围更广时间更长的和平。那样的话，也许我们有必要现身，在平等的基础上开启一场对话。

问题是，我们不能一直在等待中观望事态的发展。我们群体庞大，无法保持长时间不被发现。远离他们居住的所有地方，比生活在海岸和荒漠更受限，他们的居住地显然是气候最不严酷的地带。于是这一天到来了——“多么不寻常的一天！”我父亲若有所思地低声念叨——我们的领袖得出结论，这颗星球适合居住，我们可以在此住上几代。当然，为了不制造虚假的希望，有一点需要立即说明，这里也不会是我们寻找的永久的家，甚至不见得能让我们朝心仪的目标前进太多。但经历了这些年居无定所的消耗之后，这是一个暂停，一个来得正好的喘息，神经和肌肉都需要放松。不管怎样，我们的生活物资和燃料储备不允许我们走得更远。这个星球是可以接受的，毕竟，就算我们物色到下一个，又得花上好几年才能到那里，还不一定能达到我们的目的，或者不一定有这么好的条件。看到宇宙如此充满敌意，我们有过丧气的时候。无法回避它不适合生活这一事实。生命的成长需要的条件实在难求，好不容易在偶然天成的地方汇聚，我们也就不能对地点要求太高。

后来，我们进行了一番更细致的勘察，结果让我们不得不降低对这里可开发的矿层和能源的期望，不免担心。但这里也不是山穷水尽：很长时间以来，有一项任务已经变成我们这个群体存在的理由和凝聚力，那就是为了尽量延迟居无定所的日子到来，要让有限的资源支撑到比想象的更久，发现新的资源，哪怕一切似乎都是已知数。我们知道无节制的增长会导致崩溃，乍一听好似矛盾，但我们在所到之处观察到的无不是如此：导致生命突然消失的正是其迅猛的扩散。

所以，大部分物种都被困在自己诞生和成长的生态系统里，一旦它们的愚蠢、贪婪或惰性将生态系统耗尽或严重破坏，它们就把自己送上了绝路。我们之所以能够以为数不多的迁徙物种存在着，是因为我们非常节约。至少，在没有突如其来的丰饶物产让我们冒出缩手缩脚没什么用、不放开享受就是傻子的念头之前，我们能够做到节约。

我的父母从来没有向我隐瞒过他们年轻时候过得很辛苦的事实。他们在一颗干燥的星球上，吃了上顿没下顿，花好几天才能找到一点索然无味的食物，而且不能饱腹。他们经历过飞船上的拥挤不堪和没完没了的飞行，当他们被告知终于到了的时候，尽管他们对新环境还知之甚少，也不晓得等待他们的命运是什么，但还是感到肩头的重担卸了下来。发现可以使用人类的劳动力，而且利用他们已经打造出来的现成世界时，父母生平第一次感到如此牢靠、真切、持续的幸福感在心中升起。人类被剥夺了自由、被驯服，人心得到了安抚之后，我们从很大一部分的重复性工作中解脱出来，这些重复性的工作对我们来说，仅仅是为了生存而不得不去做，尽管简单，却是不讨喜的活儿。这片土地，我母亲说——我听见她虚弱的声音——这片土地会是我们休憩的地方。她重复着，带着某种无限的宽慰：我们会在这里休息。那是希望在夸大事实，还有自然而然的条件反射：展望一个更美好的未来，给自己加油鼓劲。只不过，对于接下来的这一代，未来变成了现实，却一点也不是休憩。况且，除去这个现实，我母亲其实也知道，我们总有一天得再次离开。她只是想，她不会再赶上了。只要我们能不扰乱业已失调的气候，不要过于远离我们经历一路的争执、没能避免的冲突和叛乱的萌芽之后仍能保持着的节制的精神，这片土地将是我们的最后一站。她说，下一代，也许甚至下下一代才要操心下一次迁徙的事。她安下心来，她终于不会一直奔波在路上了。

我们的一些同胞，他们骄傲只因为自己是流浪者，满脑子想的就是上路。一旦不在路上，他们便自觉无所事事，成了废物，长途跋涉的本事成了思想包袱，令他们左右为难。为了让身边的人相信他们偏爱的生活方式最美好、凡是有点判断力的人都应该加入他们的队伍，他们信誓旦旦地说，丰富思想和心灵的最好方法便是旅行，从一个星球到另一个星球——去认识宇宙科学，面对它，而不是背过身去，眼睛盯着微不足道的一片土地，把自己圈在那里。但这并不适合所有人，我流浪的双亲是幸福的定居者。他们爱透过同一扇窗户望见黎明到来，看着太阳每日从变化极其缓慢的城市上空升起。关于这一点，我没有想法，我年轻时候有过的坚定念头已经模糊泛黄。此刻，我看着太阳露出来，勾勒出楼房和街道的轮廓，以难以察觉的速度把黑夜夺走的颜色又还回来。光明再怎么努力，这个世界还是有点暗淡，这是肯定的。太空里尘土较少，细微的差异也少，跳动的心也如此。夜晚落在我身后了，这一夜，我一秒也没合眼。我在露台上，看着太阳，没有它就没有一切，我知道自己已经不知道该想什么。

3

到了部里，时候还早，我拖着步子爬上柱廊的台阶，步履沉重到连我自己都吃惊。熟悉的长廊，平日里我没觉得不好，长廊可以让我思考，还能活动腿脚，但它真的长到连最坚定的人都会失去耐心。途经一道道关卡，门禁识别出来是我，相继打开。这些门可真高，我心想，也真够多的。日复一日，我机械地往前走，完全没有留意，但一夜未眠让我的头脑变得迟钝，忽然之间，我看到的是层层的障碍，结结实实的困难如此之多，在等着我。

在这个世界上，身份证明是开不得玩笑的。长久以来，作为某个人并不足够，还得随身携带作为某个人的证据，才能在几秒钟的工夫里证明我们有资格站在这里。所有的权力都会在专制的道路上偏航，自觉到令人感动，但走到这一步，我们也不能把事情全部归咎于专制，不管愿望有多么强烈，也不能只将此视作权力的贪婪手段，企图靠不停地扩张推迟或避免死亡。妄想症和善恶二元论都是自满的表现形式，它们会严重收缩视野，因此我无法接受。事实是，想要越界的太多。如果没有这些关卡和雕像一样冷酷地把着每道门槛的守卫，这世界就不会有安静的角落或能呼吸的地方。不难看出，有些地方更适合生活，而无论是我们、人类还是其他动物，都没有可以扎下来的根。如果我们任人为所欲为，那他们会为了躲开一场毫无预兆的热浪、一次恼人的水位上涨、望不到尽头的贫穷或禁止他们滥交的法律，连招呼也不打就逃走，会成群结队地四处逃难。有些地方我们并没有预留给他们空间，无法为他们提供住所和食物。街上的人，或者穿着不合脚的球鞋走在柏油路上的人，如果他们没有佩戴身份环，我们永远无法知道他们是有资格享受自由时间的人，还是从工作岗位或主人身边跑掉的逃兵被我们无意碰到。人类是不可控的，他们自私地只想着自己，想着自己的个人命运，所以才必须建立控制的机制。说这些话的这位完全没有因为自己在扮演道德家而感到不舒服，因为说这些话的时候，他心里只想着自己，也就是说，他只想着伊丽丝。

很快，我就去开会了。当天的议程比平时更荒谬：关于生命末期的法律，四天后就要提交议会审议，但我们依然没有确认要添加的修正案条例。还有一大堆司法疑点要解决，内阁审读过的条款要修改。换句话说，根据祸不单行这条亘古不变而且没有任何底线的原理，伊丽丝这事真是出在了最糟糕的时候。起草报告的人只有三个，我们顶多也就只有完成文案的时间，文字部分准备完毕之后，还得开始新一轮拉票，寻求支持，因为照目前的情况来看，很明显，这条法律是通过不了的。

我喜欢这份工作吗？这么问自己，真是可笑……应该说，这个问题有点复杂。我想，它让我感到自己有用。当然，它有点过于沉重，但正因为沉重，也就有了分量。毕竟，是道德委员会的任命让我离开了监督员的岗位，这一任命来得也不算早。那时候，伊丽丝到我们家有两年了，而且亚尼斯在长大，我不想三天两头去巡查，那经常要出远门。我感觉我正在错过他的成长，其实，我也许已经错过了，不然的话我早该给他打电话告诉他发生的事。我不知道他是否愿意在不告诉他妈的前提下帮我一把。萨斯琪雅，她要是知道了这事……兴许会难过，但她也可能会得意地告诉我，她不知说过多少遍了，伊丽丝会给我们带来麻烦。我也可以反过来提醒她，其实她没有一直这么想。不过我也开始明白，爱要是不在了，对一些事情的看法也会变的，既然这样，也没必要非要去争。总之……监督农产食品加工的工作很累，我们会看到许多让人闹心的事。我真希望它们没发生过，反正我是不想再看到。也许就因为这个，我才应聘了部里的工作。这里也有暴力，礼节不能阻止卑劣的行为，但通常来讲，它好歹能让人们的卑劣小伎俩低调和优雅一些。小伎俩的受害者可能有时难以入睡，或者把药一通乱服，但至少不会从头到脚被剖开，被掏空五脏六腑。

围着桌子，唇枪舌战，我觉得，分贝有点高，尽管我知道这不是无关紧要的事，我也很努力地听，但还是听不进去。危险的背景噪声时而放大，在我身体里掀起一阵阵低频音，盖过了一切对话。当握在手中如此真切具体的幸福受到威胁，集体利益根本无法与其抗衡。再说了，如果对我最重要的那个人三天后就要死去，我就算奋力为人类争取到多活十几年的权利又有什么意义？无论多么努力发挥想象，我们过的还是自己的生活，而不会是别人的生活；我们各自困在自己的身体里，顶多也就对送上前来的身体贡献一些爱抚和揉捏。

这场会议离奇而古怪，没有送上前来的身体，有的是思考的头脑和说话的嘴巴。延长、字斟句酌、列举判例、辩证反驳。我如坐针毡，时间一分钟也不容耽搁，而我被困在这里，困在这把椅子里，困在这张桌子旁，因为我的缺席可能会引人发问，随之而来的会是怀疑。况且，毕竟最有可能找到人帮我一把的，也是这里。必须承认，这是我们部委的美妙之处。在这里生存，最重要的是掌握耍手段的技巧，加上不知廉耻和小心翼翼。但也是在这里，戏要做足，暗里耍手段，明里却必须一副十足遵纪守法的样子，好像法律如同良心的训导，日夜在身上鸣响。

我打量了一圈周围的面孔，寻找一张可以让我冒险把他当朋友的脸。真朋友，不容置疑的那种，我不肯定在这个高贵的机构里有谁能算得上的。一些临时盟友，可以和我站在同一条战线上，或者我能帮得上他们忙的。但要找一个愿意为我冒险的，哪怕我请他帮的忙有悖于他的信条，而且我也没什么正经回报……二十张脸一一看过之后，我心想，对错与否，唯一我能信得过的，还是阿金姆·多泽尔。我们在监督部门当了两年的搭档，而且，我遇见伊丽丝的那一天，他也在场，即使他从来没再跟我谈起，他应该是记得的，在他记忆的一角里保留着那恐怖一幕。因为我想，恐怖不像法律，它很强大，比法律强大许多，它不容遗忘。

离开会场的时候，人们应该注意到马洛·克莱斯把阿金姆·多泽尔拉到一边说话了。我问他想不想出去走走，他应该以为我想跟他重新计算一下我们还差的票数，或者讨论一下放弃哪些条件可以让其他议员改变主意。其他人应该也是这么以为。他用下巴一个轻微到难以察觉的动作表示遵命，我们穿过长长的走廊，一言未发，因为隔墙总是有耳。十分钟后，我们终于又重新站在了天空下。下台阶时，我们下意识地斜着走，要是从远处看我们的身影应该会觉得莫名其妙，但这些日子里，我们需要远离抗议的群体：即使被隔离，即使保安人员能阻止他们把舌战变成武斗，他们还是闹得不可开交，嘴角歪扭，骂骂咧咧，好像网络上的争论已无法满足他们拍案而起的冲动。他们需要眼神的对抗，真实的对峙，一方要解释为何捍卫人类的权利，另一方则高喊维持我们至高无上的地位不动摇。更重要的是，他们都急于阐述，如果是另一阵营的坏蛋不幸赢得了这场较量，社会秩序的支柱为什么将会倒塌。

我们走远了。这天天气不错，雾层在高处，间或出现的蓝天不再只是想象。阳光打在脑壳上甚至有点疼，换做平日，我应该会很享受，但此时我是一只受伤的动物，刚蛰伏了一个冬天，眨巴着眼睛，毛还没换。我尤其担心这阳光会让我的头脑中暑，削弱我的思考能力。我们沿着大道走，路边的椴树花开得正欢，蜜蜂从中央隔离带的蜂箱过来采蜜。看啊，水泥丛中也能酿蜜。这空气里的嗡嗡声，这令人安慰的颤动，证明我们走在正确的路上，我们八成能成功地暂时救下昆虫。就是这里，在城市的这一片，十五年前，我们总算把水电管道和交通路线都埋藏了起来。地上是voluptas，赏心悦目，地下是commoditas[①]，合理便利，正如人类的城市规划师早已称颂过的那样。没有汽车，是在市中心工作的愉悦之处，尽管这里看起来依然崭新得像消过毒一样，在我看来可能会引起另一种窒息。我

---

① Voluptas和commoditas均为拉丁文。

的父亲在他从事公共工程的职业生涯末期住进了医院，他得的是一种呼吸系统的病。我们到了这儿就老得这些病，得了好不了，尤其是我父亲这种干活儿的身体，就连到了在病榻上等待死亡的时候，他也改不了爱说警句的毛病，他说……他说："别担心，马洛，现实总有法子让你窒息的，不是这样就是那样。"

天真的人们看着椴树、蜂箱和安静乖巧的花圃，觉得很美，这的确不假。但目睹工地如何变化的人，可能不会太在意。不言而喻，这里人太多了，所以，当涉及疏通城市、疏导人潮的工程时，能否按规定时间完工是最紧要的。对于每次都能按时完成任务的工程队，即便不是每个工人都能在工程结束时举杯庆贺，我们也有必要表现出一定程度的宽容。在此之后，工程交付使用了，草也不声不响地长出来了，再去争这事里面是不是有过几十个牺牲者又有什么意义？是像业主说的那样，几十个（他们还会搬出他们合理享有的配额数量），还是像我们不难想象的那样，几百个？看着几百个家庭为死去的亲人奔走，又怎能看不到无处不在的恶？我父亲认为必须清点我们死在工地上的每个同胞，甚至包括人类。但父亲是那种在职场被人称作死缠烂打的人——我经常听到别人这么说，我并不感到惊讶，因为我很有可能从他身上继承了这一点。

阿金姆的脚步下意识地朝被我们当作根据地的一家餐

馆走去。里面的人可真不少，上演着各种反转威胁妥协让步。在这些地方，最糟糕的事情，莫过于你本想狠狠吐槽某个同事，搭配前菜甜点，来个全套放松，坐下之后却发现那人就坐在不远处（他们连吃饭都不忘记面带假笑，而且从来不会错过烤肉）。这些地方就是一个小社会。我承认，我参与其中，从某种意义上说，我属于这个世界，否认显得可笑。但我总有一种感觉，我也不知道为什么，觉得自己被拽在一旁，或者是我有意与这里保持一点距离。总之，我示意阿金姆，我不想进去，我们再走远点。

穿过纵横交错的商业街，路过一排排的酒铺、杂货铺、肉铺，我们很快来到一个更脏更热闹的街区。小广场一个接一个。人们一边在露天餐厅吃午饭，一边有一搭没一搭地看着市场熙熙攘攘起来，红火的场面还会再持续一两小时。在逼仄的街巷里买东西不见得方便，但让我们着迷的是，在这里能呼吸到来自旧世界的享乐气息，那是我们到来之前的世界，是我们没有见识过的样子。我们心照不宣地来这里，希望这些昔日的市场、凹凸不平的石板路和买家卖家一来二去的对话，能为我们的食物和我们说的每句话覆上一层大师名画的光泽。我们入乡随俗，却总觉得自己的模仿带着几分暴发户的不良趣味。同样的动作，在他们身上是简洁高雅，到了我们这儿就是东施效颦了。

稍远处，公共浴场前，有人跨在梯凳上，清除表示抵抗的巨大涂鸦，这些涂鸦在头天夜里一夜之间覆盖了墙面。清除工作几乎接近尾声，我没能看见上面写的或画的是什么，虽然有关部门大张旗鼓地宣布加强管控，我反而感觉涂鸦多了起来。而且，我突然想到，伊丽丝的朋友很可能会牵涉其中。

我看到阿金姆已经有点失去耐心，便开始跟他解释事情的来龙去脉，以我们共同经历过的那一天作为起点——库房周围的泥塘，河边颤抖的白杨——即便那一天对他和对我有着完全不同的意义，但至少他能明白这一切是如何开始的，我是在什么样的情形下有所反应，又为什么对伊丽丝产生了大概不应该产生的感情。我给他讲述了每一步——恐惧退下或被赶走，爱意萌生，脆弱随之而来——让他有充分的时间换位思考，想象相似的故事完全有可能落在他身上，占据他的生活。他听得很专注，一来是他懂得如何倾听，二来是大部分人在感到接下来要听到的不是老生常谈的时候会变得格外认真。

我们一边说一边走进了公园。头顶，大片大片的云列队飘过，尘土在草儿和树叶上静静地待着。我们有理由期待风雨将尘土扫荡干净，还我们四五天真正的喘息，但看天气还没到这一步。总是在说要征服云，说了好几十年，可是到目前为止，科学家在这方面探索出来的办法和刮风下雨有着同样的随机率。尽管承认这种事对我们来说有点困难，但有时候不得不信，自然是会抵抗的，不是我们想怎么样就怎么样。

我们爬上小山丘，小路在立柱和横梁的废墟间曲折蜿蜒，影子毫不费力地走在我们前面。这不是浪漫花园里的假把式，而是战争留下的废墟。昔日，矗立着的教堂已在交战中严重损毁，我们本可以重建，就像在别的地方那样，但在这里，人类貌似没有太看重，我们似乎打消了他们相信上帝的欲望。如果说他们曾以为我们是各路神仙派来考验他们的，诚然，是九九八十一难里最凶残的那一关，他们也不是没经受过别的考验。从那时候起，他们中的大部分就把这一劫看作是不可逆转的溃败，是前所未有的耻辱较量，无别的力量可以推翻现状。因此，再要自诩是幸运儿、造物主的宠儿，就有些困难了。我们于是把教堂埋在了它自己和整个城中心的瓦砾底下。不管怎样，总得找到办法处理这些瓦砾。在别的几个街区，我们把废墟集中到一起，堆成了小山，随后，这些山丘就被植被覆盖了。原来的建筑残存下来的，是一座破碎的塔和几尊站岗的雕像，凸起在高地上。

直到最近，还有一尊天使，远远就能看见，很是显眼。天使脸上没有微笑，但看起来颇有信心的样子。即使它俯瞰的是人类的劫难，也似乎还能找到守护的理由，甚至更有理由。加快天使坍塌的，正是因为它成了某种象征，只要人们觉得它的故事如今仍在持续。抵抗运动的支持者们把它变成了重整旗鼓的标志，它不再只是在高处静静立着的雕像，它的形象被四处传播，被印到了印刷模板上，喷涂到了城市各个角落。它在这儿和那儿的墙上许下另外的承诺。有人要求把它拆除，争议迅速扩大。有些人认为我们只会拖延不会别的，另一些认为必须足够蠢才能把一块不会说话的石头视为烈士的形象。政府出面平息了事件，没再多说什么。几个月过去，有那么一天，人们突然发现天使雕像不在了。被挪到了别的地方？被摧毁了？没有任何解释。天使雕像消失了，仅此而已，这也够了。在此类的事情上，领导者不相信争论是一种美德。

天使原来所在的地方不允许进入，方圆百米围了一圈路障。几台推土机正在作业，换句话说，这地方无法通行。眼前的景象让我心中生出难以形容的怨恨，接着是羞耻，疲惫也突然袭来——各种感受奔涌而至，把你拽进黑暗，你连张嘴说句话的机会都没有——这些机器好像用啃咬旧石头和平整地面的机械动作在向我证实，我的斗争注定要失败，我在滑稽地对抗不可避免的东西。阿金姆多少猜到了发生的事。“哎，快说，马洛，到底什么事？你要是不把事情彻底说明白，我什么也做不了。”他一只手按在我肩膀上，为了帮助我而催促我。

我们走下破塔的楼梯——楼梯太窄，台阶在几个世纪里被前人的脚步磨得发亮——来到中堂。中堂已然变成一方石窟，垂挂着野葡萄，间或有阳光投射出一束束灰尘，还有大瀑布在呜咽。潮气在墙上绘出彩色的壁画，叠加在人类的壁画上，已经把壁画抹去了大半，在彻底吞噬之前为壁画增添了一些光晕。我们同类的几个孩子溅了一身水和日光，爬上神职人员的祷告席，头朝下或屈起膝盖，往唱诗班的乐池里跳。身处天真单纯的孩子中间，被他们无拘无束的兴奋和欢乐的尖叫包围着，我感觉有罪的事说出来也不那么难堪了。我讲了发生的事故：腿、如果我不采取行动就可能被耽搁的手术。阿金姆是否有熟人可以马上给伊丽丝一个正当的身份?

阳光在阿金姆·多泽尔的脸上投下斑斑点点的阴影，他没有感到惊讶，看起来也没有因为我的请求而难堪。不过，他没有掩饰言语间的担忧，如果我被发现了——无论如何，我不应该忘记这一点——我将会被关两年禁闭，剥夺终身从事公职的权利。影响不仅限于我个人的命运，因为我在这片土地上的时间里的所作所为不仅关乎我自己。一旦起草委员会完成文案，法案将提交辩论，那时候，我们的每个细微举动都可能被盯得死死的。

如果我们的对手感到风在朝我们这边吹，他们会毫不犹豫地寻找一切可能，制造攻势。这个阶段，必定已经有人不惜牺牲自己的夜梦，搜寻一切对我们不利的证据，这样的材料总是会有用处的；另外一些人会利用媒体炒作造势，必要的时候，还会把微不足道的违法行为放大成足以致死的罪行，用事实证明我们的观点与现实不符，证明我们维护人类的利益已经超出理智的范围，揭露我们中的一员放任自己的情感，违反众多准则和规定，在自己家里藏了一个女性肉人，企图用宠人的身份掩盖。这正中他们下怀，这样的情节，是玛塔·瓦凯、雷米吉奥·古铁雷斯和另外那些家伙做梦都想不到的，现在竟然明目张胆、大摇大摆，自己送上门来了。阿金姆语速平缓，语气正常，却一针见血。毕竟，我现在是从了政的，已经不再是那个还能在法律和良心发生矛盾时要点小手段的无名小监督员。我这是软弱自私的表现，不能做出必要的牺牲，让自己无懈可击，这真叫人担心。

我看着湍急的瀑布奔流而下，绚丽的水汽填满了乐池和中堂上方。水雾蒸腾，沾湿我身上好几处，却无法叫我冷静。阿金姆·多泽尔现在拿出了总结的语气，他必须说明白。因为，如果换作他在我的位置上，他也会希望我这么做。但这些话说归说，他当然也理解我。如果我清楚自己所求，如果不是一夜未眠或疲累让我丧失了理智，如果我的心知道自己想要什么并且说服了头脑，他愿意向我伸出援手。

在一天中最炎热的时刻，天空那层白色的硬壳已经闭合。我来到阿金姆告诉我的地方，那是市郊的某处，城市在这里开始趋于稀疏、低矮，然后风化。几处贫瘠的空地嵌入排列成行的浅色房屋的中间。房屋看起来不怎么像有人居住，不难想象客厅阴暗的角落里可能有块屏幕在自言自语，不需要关注也不要求应答。也许某个地方有只手被瞥见正在拉窗帘，或者从百叶窗的叶片中探出来，在窗沿上弹掉烟灰，总共停留不超过一秒钟，这倒不是想象出来的。穿过这片沉睡得像死亡一样的住宅区，我很清楚自己太招人耳目，但我没得选。阿金姆给我找的造假人同意让我插个队，前提是我得亲自来找他，亲口解释事情的来龙去脉。我可能更愿意通过网络联系，不用冒着被发现行踪的危险。但网络上会留下太多痕迹，难以抹去。更何况他已经很久不跟中间人打交道了，他要让那些对他有所求的人有足够的时间打心眼里意识到，他们想要这些东西是必须付出代价的。

这地方是个废品处理站，外围一圈三四米高的护栏，里头是等着被回收的破烂汽车和火车车厢。挨着大门，有一间传达室模样的小屋，脏兮兮的玻璃窗前，我的四个同类在一张塑料桌上玩接龙。第五个踱着小步在旁观战，脸上似笑非笑，一副大局在握的模样。他们的手黝黑，沾满灰尘，布满正在结痂的微小的烧伤伤口。他们轮流出牌，每个人都像使出浑身力气似的把牌甩到桌子中央，好像每次亮的都是王牌，或是他们费尽心机、冒尽风险才抓在手里的大牌。尽管我路过的时候他们连眼都没抬，但我还是忍不住想，他们的漫不经心是装出来的，演练过的，若不是知道有人在等我，他们不会让我进去。

右边，停车场跟别人描述的一模一样，一片扁平的水泥建筑，墙上全是涂鸦，没有窗户，独处一隅，像一座旧日的堡垒。经过平静的前厅，我来到一扇装甲门前，这门对我这个小人物的戒备心比部里的门禁还重，好几台摄像头对我虎视眈眈（它们直直盯着——不眨眼）。我说了接头暗语，等着。门突然悄无声息地开了。我走进去，立刻陷入一个幽暗的空间，弥漫着油墨、纸张和加热或融化掉的塑料的味道。毋庸置疑，这是一个工作间。逆着灯光，我看到两条身影：一个身材纤细、双手干瘪修长的男子，一个瘦小的女子，没什么体形可言，手脚特别快——两个都是我的同类。

两人从头到脚把我身上搜了一遍之后，让我坐到一把旋转凳上，给我倒了杯茶。茶水虽然没味，但还是让我嗓子眼里的躁动平息了下来。我把要求又陈述了一遍：为伊丽丝·克莱斯——一个不是宠人的女子，制作一只全新的宠人伴侣身份环。造假人做了一个表示理所当然的动作，意思是，诸如此类的要求即使算不上家常便饭，对他们来说也没什么难办的。“这种情况是会有的。”他念叨了好几回，语气相当淡定。只是加急让这事显得棘手一点，他平静地三言两语向我解释了他如何刻入数据，然后盖章，以保证数据真实。这些章跟政府部门的章一模一样，一个模子里刻出来的。

除了他的声音，我还听见隔壁房间有机器在转动。其他电脑和印刷机围在我们身边，像休眠中的猛兽，安安静静，但能感觉到只要有轻微的动静，它们就会苏醒过来。

要把这事办好，也就是说，要把所有细枝末节都照顾到，不留下任何可能令人生疑、给我带来麻烦的把柄，得整整三小时。我可以在那里等——翻阅一些永不过时的杂志，比如教人修剪盆栽——或者晚点再来。由我决定，完全随我，只是劳务费要提前全额付清。

我觉得来来回回自然是增加了暴露行踪的风险，于是决定留下来等。

根据造假人的要求，我把我掌握的所有关于伊丽丝的信息都集中在一只数据盘里，把我想列出的那些，真的也好假的也罢，都归整到一个新的文件夹里。我把这张数据盘从衣服口袋里拿出来，捏在拇指、食指和中指之间，就在这一刻，我感到有什么东西不对劲。脑神经中枢里一阵轰鸣，像是偏头痛闪着金属般的光正要穿过神经，脑中响起警报，周围有情况。有人！许多人、太多人突然出现在装甲门外，墙上一盏红色的灯闪了三下，女人没忍住，惊慌失措地尖叫：“临检！”当然，是临检。

我跳了起来，扑向隔壁的房间。那边另有一个出口，但那扇门也已经在重复的撞击之下颤动作响。我们被堵住了，活像被两头包抄的老鼠。我大概是拒绝接受现实，伸手打开一扇壁橱的门，里面放的是服务器和发电机，我收紧腹部钻进去，把门往里拉，直到听见棘轮的响声。外头一通交火，嘈杂，混乱不堪，有身体碰撞和东西被掀翻的声音，然后是水泥地上噼噼啪啪的脚步声，把屋子转了个遍。我什么也看不见，不敢呼吸，也听不太清楚。我唯一害怕的是这个藏身之处的门会突然被打开，或者被枪一阵扫射打成筛糠。一溜溜酸汗从我的背部和肋部滚下。然后，慢慢地，情况缓和下来，一切又归于平静。

我又等了一会儿，二十还是三十分钟，我不知道，反正这么多分钟累积起来，长到足够让我感觉难以忍受，但平静的局面稳定下来，不动了。我把手放到鼻前，使劲伸展鼻软骨，深深呼吸了一下，平复心情，调整呼吸，脑子开始萌生一些不那么冲动的、更积极的想法，比如，愉快地意识到一日之内我的生活陡然坠入我无法控制的噩梦里。那两人若被抓走了，那是我的错吗？我被跟踪了，还是被监听了，阿金姆和我？不不，不像。如果他们要抓的是我，那最好是在我犯罪的时候抓现行。警察们似乎不知道我在场，不然的话，他们应该会搜查得更仔细，要找到我并不难。至于造假者，既然他们没把我供出来，证明他们应该也感到我跟这事无关。

单凭耳朵判断，寂静在延续。因为姿势太难受，我只好蹲下来，开始想办法，看能否从里面打开壁橱的锁。这时候，我又一次感觉到某种存在。哦，这次规模比较小，更低调，动作更轻，但工作间的确又有人出现。门锁处能透点光，有一道竖着的门缝，足够眯起一只眼贴上去。我往外看，先是看见地上的血迹，像拿刷子刷的颜料。然后，左边，我的视野边缘，视效已经模糊的地方，三个我的同类刚走进来。他们不是警察也非军人，这点显而易见。他们穿着“隐形人”选择的或不得不穿的灰衣，大衣长及膝盖，衣角已经磨损破烂。他们以三角队形前进，步伐有力，声响却很小，看起来像是习惯四处打探的人，所到之处必定要转一圈看背后有什么，而且永远不会站成一排。然后回到三角阵形，有一个保持双手插兜，看他的口型像是在吹口哨，却没发出声音，另外两个双臂垂下待命，像是手下的样子。

他们眯着眼睛警觉地观察四周。我明白了，他们是贼人。他们像吃腐尸的秃鹫，等警察撤了，前来尽职尽责，看看有没有什么剩下的可以捞走。弄不好是他们发现了这个造假坊举报给警察，等着来捞点好处。他们待了挺长时间，翻箱倒柜的，用小刀把一个个纸盒都割开，间或说两句话，我听不清，但听得出语气中有些失望。他们的态度里透出一些我能觉察但又说不上来的味道，让我更加相信，他们是不择手段的暴徒，仇恨是他们唯一的支柱。

后来他们总算走了。

而我，蜷着身子憋了四十分钟，耗尽气力，连气都快喘不上来了，最后终于从藏匿处抽出身来。

接下来，我坐在椅子上，千头万绪，心像挣扎的困兽，在黄昏来临前的阳光中，等待伊丽丝睁开眼睛。我兜了不知多少圈，确认了一百遍没被跟踪之后，忍不住又回到医院。走廊里看不见任何医生，是护士告知并介绍了手术情况。在手术室里，他们很快便发现，挽救小腿的努力是徒劳的：骨头严重损坏，神经无法挽救，撕烂的皮肉已经死亡。四个小时的手术里，他们对她的小腿从中段实施了截肢。她挺过来了，手术再顺利不过。等我把她的档案填补完整，如果她的既往病史允许，她的身体状况也稳定，我又有能力支付这样一台大型的手术，如果这些条件都满足的话，就可以考虑移植一条腿，当然，如果我希望这么做。对了，我是不是把该带的都带来了？我回答说，事情在按部就班地进行中——然后我像一个负责任的成年人那样，以探视时间所剩不多为借口，径直奔向伊丽丝的病房。

几乎没有丝毫动静，连一丝拂动纱窗帘的气流都没有。尽管如此，我心里还是想，从今往后，我再也无法平静了。她身上盖着灰色的被单，只有右臂露出来，上头贴着大块的胶布，固定输液管。看着她仰躺着睡，我感觉很奇怪，她平时只有侧身蜷着才能睡好，脸总是埋在卷发里。我坐在她旁边，屏住气，然后跟着她的节奏一起呼吸。重新找回不用动作和言语的默契，这样已经很好。她的脸上没有遮挡，鹅蛋形的光滑面庞像颗温和的卵石，但面色有点蜡黄，面部表情因为阵痛时不时扭曲一下，我真想替她遭这个罪。当我握紧她的手，当她知道是谁在她床头的时候，她挣扎着战胜了沉重的眼皮。我终于又看见了她的眼睛，当然，它们不像平日里如水银般荡漾，也没有散发出快活和内心的笑意。每次从侧面看她的眼睛，我都不知该如何抗拒它们的魅力。然而，在这层雾的背后，还是能找到水的绿光，也许有点黯淡，但却是属于她的。只消这世界投下多一点光亮，或者她心中生出一些力量，也许就足以让这绿光重新闪烁——希望如此。“你在这里真好。”她只说了这么一句。我狼狈地点了点头。我们像两个傻子一样，在那里拼命忍住眼泪。“你打算一走了之？”她摇了摇头，这些话像是要扼住她的咽喉：“不……我不知道……我没有任何打算。我犯了傻，只是受不了，不想继续听之任之了。”然后，她一脸的坚决和无所畏惧，问：“我怎么了？”

我尽量挑一些温和的字眼把事情跟她讲述了一遍，就像在海滩上挑最圆润的卵石一样，我挑了那些如同她的脸颊一般圆润的话。我把卵石一一排列在她面前，这才意识到，我真是把每颗石头都当作最后一颗啊！好像我们之间的闲聊和废话已完全成为过去。她记不起来任何事情，在她的记忆里，没有任何指向具体目标的行动，没有黄昏，没有路沿，没有晃眼的卡车压过来——但她怀疑这不是一个意外，她有可能被盯上了。“这阵子清查得厉害。”我掂量着这消息的分量，咽下了口水，压低声音，接着问：“你活跃到上了黑名单？”伊丽丝说：“是的，我很活跃。”我说：“你本可以告诉我的。”“我不想让你担心，这是我自己的选择。”“我不是说你应该告诉我，而是说，你本来可以告诉我。你明白的。”

我们又说了一会儿话。我感觉自己一会儿是成人，认识到问题所在，正在索取更多信息，以便计划行动；一会儿又像无知的孩子，需要有人启发开导。我给她讲述了下午的遭遇，描述了那几个贼人的样子。她是否对这些人有印象？一伙三个，黑眼睛，行事匆忙，像没头苍蝇，有个留着棕褐色小胡子的，她应该在哪儿碰见过。没错，时间地点她不记得了。总之，这类人越来越多，而且外形都有点相似。他们是我们的同类，但惧怕人类，怕人类获得新的权利，就要和他们平起平坐。现在不怎么担心暴力了，因为暴力依然被认定为非法。到目前为止，他们还不敢在公共场合施暴，而是扮演恶棍泼皮，把能掠走的都掠走，制造失踪。我叹了口气。当然，这个世界上高兴事很多。但眼下，这不是主要的，最要紧的是这位年轻的女士需要身份证明。伊丽丝看了看我，靠着枕头坐起来。这一刻，我看见她眼中的光芒又闪烁起来。她说：“我知道你可以找谁。”我没说话，我等着。片刻沉默之后，她从低沉的、拒绝发抖的声线里，清晰地抛出一个名字：“莱奥·奥斯提亚斯。”

4

有一天，人类和星际来的我们相遇了。这是不可避免的，我们总不能一直生活在海岸边。相遇之后，当然，是屠杀，大屠杀。那些年里，死掉的人多到无以计数，或者无法知其姓名。否认没用，放不下也没用。这不是我们的历史学家要记录下来的，也不是我们要告诉子孙后代的。一有人批评说我们本可以手下留情，那就像碰了我们中的大部分人易怒的神经，他们会大为光火、咄咄逼人地问，懊悔有什么用，揭过去的疮疤又能怎么样，现在才是最重要的，才是需要我们关注的。

至于我，长久以来，我不知道是出于何种复杂难言的理由心怀愧疚，尽管大屠杀发生时我甚至还没出生。我们是否有义务捍卫自己父母的行为，好像我们和他们一起亲历事件并且做了相同的决定？而且往往还不是我们的亲生父母所为——我不相信我父母出于正当防卫之外的原因杀过人或者命令他者杀人，即便这是我的错觉——而是当时的指挥者所为。行使清点历史的权利，拒绝全盘接受历史，这是否叫作背叛？如果是背叛亲人会被判定比违背支撑我们良知的正义感更恶劣，这又是出于什么神秘的理由？

围着我团团转的就是诸如此类的问题。许多人断定自我批评是个陷阱，认为其他物种太自大，被要求承认错误时就跟哑巴似的，认为自我批评实为苛求，自诩为唯一能够承认自己错误的物种、自以为是特例更是自大的表现。人类，他们是否因自己不可抑制的欲望而糟蹋地球感到自责？某些人，当然，少数吧，但说真的，有多少？有多少人意识到自己要对此负有责任？有多少人愿意限制自己的欲望？又有多少人为此夜不能寐？往深里挖，就会发现，在这些问题上，谁也不同意谁的说法。朋友间一谈起这个必定有一场争吵，各执一词，明枪暗箭，弄不好还会甩出伤人的话，然后在某个酒精浇灌的夜晚说笑中又轰轰烈烈地重归于好，有什么分歧也不再重要。但我的想法不变，现在不变，以后也不会变，不可动摇。我坚信，不留情面地批评自己人并非自我标榜，也不是为了让自己皮开肉绽体无完肤，恰恰相反，批评自己人是一种力量。因为这世界上所有的生命都想活下去。一个生命能进行自我批评，正是他感觉自己能够在批评中生存下去的证明。

有人小心翼翼地说这是殖民，但这殖民也不是一日之内轻而易举实现的。打过仗，受过害，死过人，都说得清楚。即使不是我们所为，不是我们直接所为，甚至不是我们的父母所为，但扛的是我们的旗号。我坚信我们对此负有责任。亚尼斯还是小孩子的时候我就是这么告诉他的，他也明白了。今天，已经长大成人的他也没有改变看法。

再说，杀生无数并不足以说明我们就是凶手。我跟知情人聊过，我知道，我们绝大部分罪行并非出于恶意：我们在流浪岁月里走过太多地方，与太多物种擦身，不知不觉中携带了许多病毒和一整套细菌。我们倒是有时间慢慢适应，但对我们在这里遇到的一些物种来说，这些东西是毁灭性的。我们往往无心伤害却还是造成伤害。我们瞄准敌人，结果倒下的不是敌人。有时候我们谁也没瞄准，结果还是有倒下的。

不过，遭受最致命打击的并非人类。过去的一个世纪，鸟类的踪迹在城市和乡村渐渐消失。飞在大都市拥挤不堪的街道上空的是最平庸、最肮脏、最经得起各种疾病伤害和摧残的那些鸟类。在乡村，为了让开垦作业的机器没有任何障碍，人们砍掉了鸟儿居住的所有灌木丛和树篱。即便它们能在这些树丛上居住下来，周遭的土地也毫无生气，土壤变硬结块，原本藏身土里的虫子和蜘蛛都被杀虫剂的强大药力赶尽杀绝。杀虫剂不分好虫坏虫统统杀掉，土地只有在一吨又一吨化学肥料的催促作用下才能长出作物。然而，对某些人来说，这样的生产方式依然是有利可图的。在别处，比如微微鼓出的地球热带，鸟儿们身处面积一年年缩小的森林里，只得拍着翅膀往后撤退。它们饱受惊吓，聚集在一起，静悄悄地藏匿在笼罩着雨雾的森林林冠里，没人看得见。但遇上了我们，所有的小心翼翼和步步撤退都不足够。渐渐地，没有抗争，也远非我们的意愿，它们真的都死掉了，一只一只从树上掉下，没有手去接住它们，没有气流去阻挡它们，就好像它们看出我们对天空有一种完全不同的控制力，因为我们来自遥远的地方。它们原本不可一世，自认不可战胜，任何地平经度都不在话下。既然能飞，就没有什么阻挡得了它们。忽然间，它们似乎明白了，其实，它们什么都没有尝试，从来没有，它们一直飞得很低，在云层之下，离地球比离太阳近无数倍，而我们却能够从一颗星飞到另一颗，尽管速度慢到它们无法想象，尽管一路充满艰辛，要经受得住路途遥远的消耗和心头难抑的疑虑。但与我们的本领相比，它们的存在就显得苍白而无意义了。

战争年代里，我们几乎没有注意到它们的消失。在我们还未和它们打交道，还未对它们进行清点统计之前，它们就已经不在了。到了后来，我们才从人类口中有所了解。人类为鸟类的骤然消失感到震惊和不自在。我们试图弄清我们在无奈之下把什么病毒传染给了它们。听着，我不是说这世界上一只鸟也不剩了。兴许在某座林密道稀的山里，每隔十公里就有山崩泥石流的地方，依然只有鸟语迎接每天升起的太阳。在我写下这些字的时候，也许有一只鸟在它驻足的枝头无比轻巧地转动着脑袋，动作很小，但干脆又灵敏。鸟巢头天夜里掉落地面，鸟蛋全碎了，它也许在周围沉甸甸的寂静中意识到，在它居住的这片地方，它大概是它们这一物种最后的幸存者了。我不是说它们全都死绝了，但它们绝对已经不再是以往那种鲜活的存在，由于我们的过错，这个世界不可逆转地失去了划过天际的身影。我们抬头望去，再也不见那个飞快掠过的注脚了。

有一天，人类和星际来的我们相遇了。当他们发现我们活得比他们久，也更能抵御疲劳和疼痛，而且力大无穷，他们之于我们是脆弱不堪的小玩意，正如兔子脖颈或麻雀脑壳之于他们——我们还没明白过来，也没有办法告知他们我们的意图，他们就吓坏了，对自己说，一山不容二虎，不是他们死就是我们活，必须干掉我们，不然他们会被铲除。

据说，最初发动攻势的是他们。就我个人而言，我觉得没什么可谴责的。谁都知道局面一度剑拔弩张，最微不足道的一件小事就足以凝聚四处弥漫的敌意、引发战争，在这样的前提下还去争论谁先动武未免太愚蠢。当互相之间无法理解，当一种语言——我们的语言——和他们所有的语言碰撞之后发现没有任何共通的词汇，当每个词像别人放在你手心的一样东西你却不知道该怎么使用，变成了你的累赘，你并不想要，你隐约有不悦感，加上肢体语言也帮倒忙，我们用耸肩的动作表示抱歉，在这里却是表示瞧不起。在这里，转身意味着不感兴趣，但我们却往往是为了更专心倾听才转过身去——所以，是的，是有无法传达的东西。我们之间的关系撞上了一系列谜一样的误会，没人知道它们从哪里开始，在哪里缓和，甚至无法肯定就是误会，而且无论如何也不会有一方耐心地去消除误会。在这样的条件下，小冲突很快便到来了。一旦第一具躯体倒下，人们发现无论如何也无法挽回他的生命，赤裸裸的怒火便不顾一切要寻找出口，为死者复仇的欲望在内心燃烧起来。这样的情感，如果能花上几秒钟去想一想，不难想到冲动会引起其他死亡，更多死亡，无用的、解决不了任何问题的死亡。但恰恰就是不会去想，悲痛驱赶着人群，愤怒刺穿了皮肤，人们抄起武器，发出集结的呐喊，认可了这荒诞的集体混战。

他们热爱胜利。那是他们疯狂又热烈地希冀、渴望着的小癖好。在他们的年代，所有人都感到自己的虚弱，弱到无法接受这世界充满偶然。只有胜利能给他们相反的印象，让他们安心，保证他们的存在不是一个错误，而是有更强大的、不可见的力量把他们的成就都看在眼里，像父母看到孩子学会走路或说话那样心醉神迷。胜利告诉他们死亡不是终结，如果失败者没有付出足够的努力换不来另一次生命，奋斗者会矗立在阳光下，终有一天会得救。同理，当他们很快发现形势变得对我们有利，意识到这次可能得不到胜利，而且大概很久都不会得到，甚至永远得不到，他们嘴里突然泛出血腥味，在温柔的眩晕中，世界观坍塌了。

不过，头几个月里，我们决定坚守我们已经占领的那几个城市作为阵地。这些城市之间距离遥远，难以同时将它们包围，但这些点若连接起来，却能相当有效地勾画出领土的雏形。我们希望有自己的领土，这也是符合逻辑的。如果人类表现得理智的话，我们完全可以就此收手。我们永远不会主动进攻，而是满足于逐一击退他们的进攻，不寻求往前推进。

不久之后，流行病大规模爆发。病毒由鸟类传给家禽，又由家禽传给人类——或者直接由我们传给了他们，这一点，尽管调查无数，依然无从得知究竟是怎么回事，至少目前弄不明白。当驻扎在我们的控制区周边的军队开始拔营，当他们的飞机远离了我们的视野，我们才明白情况很严重。我们也许应该早点行动，但要明白问题出在哪里并不容易。抓来的俘虏，还没被用来当翻译便出乎意料地纷纷死去。我父亲一直没有忘记其中一个俘虏，连着守了他两个晚上，他在战俘营的床上垂死挣扎，嘴里只重复一句话，先是用我们的语言，然后是他自己的语言，说他很难受，太可怕了，他感到自己就要离开。我们的研究者夜以继日地工作，试图破译他们众多语言中至少某几种。这些人也同意收起他们的完美主义，将未完成的文章、一系列假设、透着诚惶诚恐疑点重重的语法发布出来。在我们的历史上，这是长久以来头一回。一场灾难是否能被阻止，取决于语言的探索和翻译。必须接近人类，说服他们接受治疗。

人类大大高估了自己的准备状态。必须说，在此之前，他们在发展的道路上从来没遇到大障碍。当然，我们到来之前的那几十年，他们不是没注意到，工厂和各种排气管道的烟，在大气层高处变幻一番之后，又阴魂不散地绕回他们身边，而且越来越频繁，要么变成飓风，刮个乾坤颠倒；要么是酷热，空气纹丝不动；要么闹洪灾，水成了一种灾难。然而，这些灾难造成的损失还得比较着看待，最富有的，也是污染最厉害的那些人，往往也是居住条件最好、移动最便利的人，他们总能成功地躲避灾难。即使他们面对摄像机时脸上总是挂着沉重的神情，以显示他们与受灾者同呼吸共命运，他们中大部分人在内心深处却难免认为，大自然以这样的方式向明显人口过多的地球征收费用，说到底也不是一件那么严重的事。这些灾难就跟重复发生的冲突和流行疾病一样，无非控制了历史的进程，就那么回事。即便它们有时候会使一整个地区陷入混乱，那也持续放缓了人口增长和城市扩张的速度。

我们引发的这场传染病完全是另一种规模。人类的医生再怎么意志坚强甘于献身，没日没夜地坚守岗位，依然无法应对那样的局面。他们不是没和动物引起的传染病打过交道，好几回，他们都依靠医疗机构，冷静应对。但那一次，病毒是外来的，确凿无疑，他们一下子慌了，除却救助设备上的不足，还有心理准备的问题。只要他们还能责怪动物，在他们眼里，审判权就还属于他们：残疾孱弱的动物生活在拥挤不堪的环境中，导致疾病的传播，疾病本身并没有携带恶意。而那一次，恰恰相反，人类选择向我们开战，并且身陷其中，他们怀疑我们别有用心，好像是我们冷血地故意将战场转移到细菌领域。他们的狂热变成了恐慌，在我们定居的区域，许多人放弃了工作，甚至在医护人员和军队中也是如此。我们想接近人类，但首先碰到的却是他们的恐惧。恐惧令他们满怀恶意，变得可鄙。这也不怪他们。死亡无处不在，就写在他们脸上。我们踩着和平的脚步到来，却变成了刽子手，而他们成了自知行将死亡的人。

在细数遗憾、内疚和罪过之前，得把事情捋清楚。不可否认，我们单单在这颗星球上存在便造成他们大量死亡，但救了他们命的也是我们。先是研制出有效的疫苗，救他们于疾病。同样可以肯定的是，我们也把他们从他们自己手中救了出来，尽管这事要更复杂微妙许多。不是我们故意唱衰他们，他们自己也出资研究了，结果表明，按照他们那样的节奏，一百五十到两百年后，地球将无法居住，人类人口将急剧减少，大概会落得个把自己驱逐出世界版图的下场。当然，这样的局面是他们至今仍难以接受的。

我能理解。可以想象，被别人从自己手中救下不是件太惬意的事。但如果我们把他们当作平等的物种来对待，与他们和平共处，允许他们为所欲为，看着他们每天重复疯狂的行径，说白了，那就等于见危不救。

瞧，我并不为没有经历这一切感到遗憾，不知道自己是否有勇气，也不知道自己会如何行动。我在十五年后来到这个世界，属于运气好的那一代。我父母来这座城市定居的时候，这里的条件还不怎么样，塑料袋在马路边上随处可见，时不时飘到空中，像幽灵芭蕾里的人物，片刻之后又重新落回地面，无力又悲伤。只有远处孤独的汽车奋力发出的声响，或是翻垃圾桶的猫的吵闹打破笼罩城市的恐惧、死亡和寂静。老鼠在马路中央大摇大摆地操练，像获胜的士兵。任何细微的脚步声都有回响，居民们得知我们即将到来，都闭门不出。我母亲说，谁也不知道，在紧闭的门后面是卧床不起的病患，还是躲在阁楼或地窖里被吓破胆的人，他们是坐在椅子上平静地数着时间，还是挥舞着紧握的手枪做一些无用的抵抗。但实际上哪种也不是，紧闭的门后，往往是人去楼不空的凄凉，见证着过往生活的热闹和生气的物件还在那里：餐具、相片、一把铸铁茶壶、一面袖珍小镜、一个简单的木盒子，花瓶的瓶身有一圈钙质的印迹，让人想到水位线的位置，曾经碰触、挪移过无数遍这些小物件，甚至将其抛光的人类的手。如今，人都死了，至少是离开了。

除了前来向我方宣布他们交出城市的那支代表队伍，和藏匿在屋顶的最后几群狙击手，人类都集中在由办公楼或公共设施临时改造的诊所里。大群大群的苍蝇无视疲惫到脚步踉跄的医生和护士的存在，在一字排开的脏毯子上方乱飞，因为毯子下面，静止的尸体正在膨胀、硬化。当局禁止居民焚烧亲人朋友的尸体，只在城市东郊草草建了几个火葬场。这样，风会携带火葬场的烟往更深的内陆去，而不会逼回城市。

然而，我父亲很快就悄悄对我母亲说，这个地方适合定居，不应该再往远处找了。出于悲观或对现实的充分认识，他相信人类引起的气候变暖很可能是不可逆转的，认为得远离受海平面上升威胁的海岸线。但还是得找一个气候温和的地区，最好是受海洋气候影响的地方，才不会经常被可恶的干旱骚扰。从中长期利益来看——我童年的幸福归功于此——毋庸置疑，这样的估量是准确的。但在达到那一阶段之前，他和我的母亲没少担惊受怕，这个城市是出了名的乱，它的历史写满暴力冲突的记号，好像城郭里跳动着血腥的暴乱，反抗精神大概像植被一般，时不时穿透柏油路，没什么东西能长期把它遏制——所以，这是曾经战斗得最为残酷的城市之一，也是和人类关系最难修复的地方。

等到传染病得到控制、和平恢复的时候，他们终于有时间来观察我们。在此之前，他们都忙着与我们为敌，不可能有闲情逸致来弄清我们的真面目。事实证明，我们和他们的相似程度比他们想象中要高得多，不过，从另外一个角度来看，这些相似的地方也非三言两语能说得清，也有些明显的、无法沟通的地方。首先，看到我们也呼吸，也靠持续呼吸保持生命力，而且呼吸的是同样的空气，并在这样日复一日的呼吸中，学会了他们的语言，这给他们吃了定心丸。他们发现我们并不是乌合之众，而是有组织有阶级的群体，像他们一样，也知道家庭和爱是怎么回事，更加安了心。直到他们从我们的各种表现看出我们也不喜欢死亡，而且花大力气试图推迟死亡，终于长出了一口气。

更何况，在相互的接触中，我们变得越来越相似。我们是拟态物种，既不以此为耻也不以此为傲，我们的状态就是这样。或者说，这是所有流浪民族普遍的状态，他们发现了一片新的疆域，产生在那里定居的欲望，如果不想落得被驱逐的下场，就必须与周围环境融为一体——否则，流浪的日子可能会提早重来。我们曾经迁徙，所以深谙其道。动物园里还能看到的变色龙，我们和他们一样，能够短时间内适应周遭。在森林里，我们是会捕捉树叶的颜色、然后与季节更迭的节奏一起变换的那类；从海岸隔离生活的那段经历保留下来的，是一些两栖动物的本能反应和休憩或睡眠时喜欢汩汩水声做伴的喜好。若是迷失在山区，坚韧不拔都不足以开辟出通道，我敢肯定，我们早晚也能学会鸟的本领。至少可以这么说吧，我们比他们更易于完善自身。相对于人类，我们有这样的优势：我们不“坚持”某种身份，不为自己的可塑性和易受影响感到羞耻，从来不寻求包揽或捍卫只属于我们的东西。因为，在我们看来，当资源极端匮乏时，只有变换形态，才能在活下去这一艰巨任务中取得成功。

在所到的定居之处，我们放弃摧毁一切的欲念，追随前人的脚步，或者效仿即将和我们共存共生的人。我们悄悄溜进他们创造的生活方式，能钻多深就钻多深。之所以采取这种态度，既是出于精打细算，也是出于直觉。直觉告诉我们，几千年缓慢的适应过程，无疑给了最早定居的本地人最适合本地要求的存在形式。当然，尊重这一原则也从来没有阻碍我们行使清点的权利。也许在其他任何地方，我们都从来没有像那时候一样需要看清什么必须保留，需要将人类的文化视如己出。不管怎样，总的来说必须如此。因为这里是他们的家，我们要入乡随俗。我们进驻他们的城市，住进他们的房子和公寓里，只允许自己在他们建造得过快或者明显走错方向的地方进行改变。我们从自己衡量时间和空间的方式出发，努力弄清他们的方式，辅以耐心，掌握他们的大量知识，或者采用他们开发土地和制造物件的技术——撇除其中短视和愚蠢破坏的部分，我承认，这部分还真不少。我们全力投入。必须全力投入，心怀一个目标，就像我们总喜欢证明的那样。自打我懂事起，母亲就老这么对我说："你要永远建设，不要去破坏。"我们老这么说。可游离在词语旁边的、包围着它们的、使它们笼罩上一层疯狂光晕的意义，我们听到了吗？我们是否真的将它打造成了有血有肉的现实？我们恐怕也顺便重复了他们的不少大错误——我回头应该细说，不管这会否让我心里难受。

考察他们发挥了创造性的领域时，我们中的一些人渐渐地认为，奴化他们是不对的，对他们实施的奴役有失身份。难道不能考虑解放他们，让他们和我们平起平坐吗？争议是有过的——喜欢争论并深谙其道的人就会发生争议。我们自然而然地想到，可以给予他们有条件的自由，不厌其烦地设想他们应该上交的抵押物。可我们到底失去了太多同类，在这里的命运也充满不确定性，风险看起来太大了。如果他们再起暴动，再次坠入他们强烈的侵略欲望的灾难中，受连累的就是我们自己了，而我们又是那么想继续活下去，这片土地的平衡是那么不堪一击。最终，我们将这个问题的解决方案重新纳入sine die[①]——这样一来，在很长一段时间内，这个问题都不再是问题。

① 拉丁文，意为"无限期"。

不管怎么说，我们这样沿着他们的足迹前行，与其说成了他们的主宰者，还不如说是冒名的孪生物种。在模仿的道路上，我们走得够远——有些人说，远到超出了有用的范围，到达了奇怪的境界。举个例子，我们之间互相识认，说起不在场的人，从来没有感到有使用词语的需要，但我们竟也有了像他们那样给自己起名的愿望。慢慢地，就像在路上寻找小石子当护身符一样，我们也在他们的姓名中选择了自己的姓名，在没完没了的清点名单里，在百科全书里，在他们的公墓里那些湿漉漉的墓碑上。我们习惯了把姓传承下去，父亲传给子女，他们通常也是这么做，以此证明某种不确定的关系，以便识认。大概是一种习性和风俗，但也是敬意。对他们来说，命名是一件至关重要的事。每当遇到一种从未见过的植物或动物，或者捕捉到一颗遥远的新星发出的亮光，哪怕他们知道这颗星球已经消亡，或者涉足只有其他动物的沙滩，他们的第一反应就是命名，然后清楚地喊出这个名字，看它会发出怎样的震颤。显然，这种放之四海而皆准的洗礼仪式，包含发现新鲜事物的欢乐，但不用怎么深思就能意识到，这是他们急于印上自己的标签，是自我标榜的表现，用来对抗不可控的世界里的未知，即使属于他者的疆域，命了名，也就归他们所有了，最终远远地站在一边俯视众生——从他们口中掉下来的名字堆积在被命名物上，慢慢地，也就融为一体了。如此的命名法不仅仅是他们擅长的本领，也是战斗中的制胜法宝之一，兴许是最久经考验、往往也是确保胜利的那一招。

他们自然也学我们的样，给我们起了各种名字，一个接一个，或一股脑儿乱叫。最初的试探过程里，我们最常听到的，是“外地球人”这样的字眼。他们杜撰了一些故事，试图预演、释放可能的相遇引发的焦虑，这些故事里充斥着“外地球人”这个词，出现在小说中、电影里，集中了全凭想象力创造出来的怪物。但我不喜欢这个词，它具有欺骗性，也没说在点子上。所有星球都是有土地的球体，真的，得多没见过世面才能不知道这一点。而我，我就来自这个地方，我出生在这里，也打算在这里待下去。我没去过其他地方，自觉比那些视野不超出他们的生活范围或国境线的人类更“地球”。那些现代世界的旅行者，拿国家的边界当游戏，却对这颗星球上他们鲜少涉足的地方或对这颗星球本身不抱任何忠诚、关联感和责任感。“外地球人”，这是一个以自我为中心的词：它畏畏缩缩地指出了一个内和外，好像我们还在地球之外。简言之，这个词过于简单了。人类也自动放弃了。现实早已超越了他们那点可怜的语言，尽管他们也是靠语言才能提前预见现实——他们还没盲目到拒绝承认这点的地步。

鉴于他们的科学无力弄清我们的新陈代谢、流畅的思维和支撑着我们的内在生命力，他们也曾把我们称为魔鬼，重新激活了这个恐怖神学里的陈旧词汇，把它从尘封的阁楼和黑夜里翻了出来。说来可能又是一件怪事，我们的语言里没有一个词用来指称自己的民族。直到遇见了人类这种对自己的身份执迷到有强迫症的物种，我们这才把目光投向自我，发现我们属于某个群体。于是，出于挑衅，也是为了嘲笑他们的慌里慌张，我们也开始管自己叫魔鬼，甚至在我们之间也互相如此称呼。起初这只是个玩笑，接着玩笑当真，我们也信了，最后把自己也惊着了。我们这样一个重视大多数和集体的群体，虽然以个体为单位但却具有凝聚力，竟然从未想过要创造一个可以统称我们的名字。我们当然不是魔鬼——反正不是他们对这个词理解的那样。我们和充斥他们的噩梦和神圣篇章的字里行间或字典页面的魔鬼一点关系没有。只不过，有时候，懂得向对手的恐慌做出让步，接受他们给予你的属性，哪怕你知道他们弄错了，也是件优雅的事。所以，这个名字保留下来了。一同保留下来的，还有正儿八经去相信的理由。相信什么？呃，相信是因为他们中的大部分人把我们当成了魔鬼，所以才有人开始描绘天使。

5

约好了。地址详尽，时间模糊。在城东北，一座横跨运河的桥底下，火车一经过桥就抖得稀里哗啦。然后是等，原地不动地守着，等待一个素未谋面却得信任的人。寄托在他身上的希望脆弱到一阵风就能撕碎，但这一次，很多事情得靠他。

伊丽丝跟我讲了不少关于莱奥·奥斯提亚斯的事。莱奥·奥斯提亚斯是人类，工程师。白天，他在电子零件工厂上班，表现无可指摘。工厂也是在城东北，运河边上。然后，夜晚到来、侵入、包裹、覆盖。他回到家中，在离工厂不远的地方，更靠近市中心。时候不早，但也不是太晚，他有大把的自由时间。他像人们珍视自己的身体一样珍视这些时间。当他感觉自己还有精力，他就会试着利用这些时间，做一些也许能让别人更自由的事情。

他不是单独行动——那是一整个网络——不过他属于指挥者的行列。傍晚，在工厂的更衣室里，他脱下和别人一样的工作服，钻进紧身运动衣里，锋利得像一道刀刃，然后重新投入外面的世界，不管刮风还是下雨。他沿着运河一路跑回家，背上没什么重量的背包轻拍着他的肩胛骨。他的注意力集中在迎面劈开的空气微小的声响上——空气因为各种脏东西而变得沉稠，只有化学家能说出这些脏东西的名字。可空气也不用经得谁的同意，依然兀自在流通、移动。他跑着，一步，吸气，一步，呼气，跑着，转瞬即逝的身影穿梭在没有照明的街道的阴影漩涡中。有一次，他对伊丽丝说，跑步是为了压住怒火，为了让怒火继续为他提供养分却不至于炸裂他的心肝肺。她曾若有所思地评述，声音悬在半空中："我能明白。这是他的话，但说的也是我。"

莱奥·奥斯提亚斯在怒火中奔跑，但他明白自己是幸运的。在工程师的更衣室里拉上连体运动衣上身的拉链时，他不可能听不到墙隔壁工人淋浴、换衣服的声音，他们三两下叠好一样的工作服，放入格子柜中。他知道他们不会出去，不会回到属于自己的地方。身心经历了八个小时的工作之后，他们或三五成群，嬉笑吵闹；或孤独沉默，穿过偌大的院子，坐在食堂里，吞下食物，爬上楼梯，回到宿舍的金属单人床上。工作的地方，生活的地方，睡觉的地方，做梦的地方：那是工厂。伊丽丝告诉我，他们在每栋楼的高层每一层的窗沿一米之下的地方，都安了一张无比坚实的网，以防万一工人哪天气馁了失望了没扛住，纵身一跃。一个人过早消失了，受牵连的是整个车间的生产力。每隔三四天，工人们就会去一趟理发店，由理发师帮他们把脸上打理好，该修短的不会留长。餐桌上，他们吃的是准备好的食物，切成小块，用木勺子吃，既避免下厨浪费时间，手中的餐具也不至于成为危险的拳头握着的利器，威胁他人或自己的安全。

伊丽丝给我讲述工厂里的事。我听着，没有打断她，只是在心里想，她是否知道天下乌鸦一般黑。我知道，在一些对劳动技能要求不高的行业，轮换率更高也不会影响生产。但在莱奥·奥斯提亚斯工作的地方，城东北，运河边，他们认为这是最简单的处理方式。

我在桥下等他。他应该很快就离开工厂，很快会到。我不想提前到，怕引人耳目，但我更怕错过他，所以还是来得太早。必须说，长时间站立对我来说太累了。我想靠一下墙，但墙看起来又脏又黏，于是我就那样藏匿在阴影里，经过那里的人可能走到跟前才会看到我，难免要被吓一跳。空气中飘着金属和尿的味道。几只标签剥离的啤酒瓶，瓶嘴朝向深灰色的天空，飘在水流汩汩的河面上。它们像我一样，晃悠着，等待着，不知道该去往哪里。

和大多数工程师一样——我想伊丽丝应该也知道，这当然最好不过——莱奥·奥斯提亚斯是高官和企业家大家族出身，他们早习惯了当施令者。我们的到来使他们地位尽失，尽管经过了两代人，许多人依然心有不甘。这道伤口还在，我们看到了其中的风险。我们早就发觉了——魔鬼也许还是有点直觉的——如果我们想让他们服务于我们，甚至在许多情况下替我们工作，那我们就必须谨慎对待这一部分人。莱奥·奥斯提亚斯就是这些人的一分子，如果我们剥夺了他们夜晚活动的权利，不让他们选择自己的配偶或公寓，他们会在工作中搞破坏，或挫败我们的种种预防措施，找到办法干净利落地自杀，绝不拖泥带水。工人就不一样了，他们的命运也许不值得羡慕。他们顺从地过着循规蹈矩的生活，他们的父母、祖父母也是这么过来的。在旧世界，在那些埋藏在地底下的财富遥遥领先的国家，浇灌从码头或机场直达矿区的柏油路的，是同一拨人；在可能被潮水淹没的地方或干旱无水地带的钢筋铁架上建造立体城市的，是同一拨人，他们流着汗，眼睛蒙灰，眼神黯淡，嗓子冒烟。他们生了孩子，这就告一段落了，然后他们的孩子又有了别的主子。说实话，从上到下构成他们现状的不平等，如今显得没那么专横了，本质不一样了。说白了，现在的不平等是他们所属的物种造成的。这可恶的、令人反感的不平等，如今不再把人类区别对待了，毕竟他们都是同样的血肉身躯。在他们心中，服从听命似乎没那么可恼可耻了，因为所有的人都得服从命令，原来那种被同类统治甚至压迫的感觉就这么被取代了。要是他们有时怨恨高层人员和工程师的趾高气扬，嫉妒他们行动自由和我们给予他们的特权；如果高层和工程师们反过来也瞧不起工人，想到他们过的日子就从头到脚打哆嗦，那对我们来说是好事。毕竟我们从数量上还是比不过他们。如果他们成功结盟，那我们会有麻烦。所以我们继续使用他们制造对抗和利益分歧的老招数，尽量让我们优待的那些人明白，如果选择和一无所有的人站在一边，他们会失去太多太多。这一策略虽说老派且幼稚，但我认为还是相当奏效的，只要不碰上那种自身利益不能阻止他争取绝对平等的人——莱奥·奥斯提亚斯看样子就属这种人。伊丽丝对我说，相信平等，那是他的骄傲。不管是话语间还是在他对待他人或集体行动的方式里，他似乎都认为，人与人之间分阶层都是头脑不清楚的表现，只有蠢货和被虚荣蒙了心的人才会醉心其中。

我等着，我就在这座桥下等着他，城东北，运河边上。跑步者的身影寥寥无几。

我等待那个会突然放慢脚步以走代跑、似乎是为了喘口气或缓解腹部疼痛的人，等待他向我走来，等待我们商量好的接头暗号。火车每隔五分钟经过一次，轰隆，轰隆，一节车厢接着一节，整个桥面便颤抖起来，然后是桥墩，一直蔓延到挡土墙。不禁让人心想，这一节节车厢轰隆轰隆的颠簸会不会把桥梁的螺丝震松掉呢？

伊丽丝跟我讲了莱奥·奥斯提亚斯的故事。她认识他，起初是因为他住在涂鸦盛行的街区。那些轻盈的形象和有力的口号就是在那里没人清理的墙上反复尝试之后才渗入城市其他角落的。有些人涂鸦看重图案，有些钟爱强烈的色彩变换，有些享受涂鸦动作中的禅意，有些是为了到处写上自己的名字，刷存在感。但莱奥·奥斯提亚斯不露声色地翻院子爬死胡同跑遍长满深丛野草的荒地有一阵子了，目的是寻找愿意为人类伸张正义和平等的涂鸦者。

慢慢地，伊丽丝进入了他们的团伙。开会时，是莱奥·奥斯提亚斯主持会议，对形而上的争论做出实质性的总结，他打断跑题的讨论，谁也不得罪。谁参与讨论？团伙在策划什么？为了让我了解要打交道的这个人，昨天晚上，伊丽丝在病房里跟我大概说了说。她没等我提问就开口，而且说了一些严格来说我并不需要知道的东西。这要么是为了弥补这几个月来的缄默，示意她已经明白缄默会带来怎样的灾难性后果；要么是为了让我相信，奥斯提亚斯是眼下符合我们需要的最理想的人；要么是她感到谈起他的每句话里，有种愉悦能把她从昏昏沉沉的疲倦中拉拽出来。在我的记忆里，她之前从没提起过他的名字。她说了很久，声音很低但很平稳，带着一种平静的距离感，在我看来，却难以掩饰她的仰慕或者类似的某种感情。

他们的组织正处于决定性的十字路口。在抵抗运动的最初，人不会太多考虑行动效率，至少她是这样过来的。能重新扬起头，能在心里说我们不再属于逆来顺受的行列，就已经足够幸福。天空似乎有了漏洞，透过漏洞可以瞥见其他可能。人们心想，我们捍卫的事业，即使眼下全是失败，终将有获胜的一天，因为和我们并肩作战的人、我们欣赏的人，投入了自己的力量和智慧。时间一周接一周，一月接一月过去。人们回头看，开始意识到，成就的事情不多，却付出了代价。有些人倒下了，远处的，或者近处的，然后迎来当头一棒，发现那些冒着不小的风险完成的行动，实际影响却微乎其微。

莱奥·奥斯提亚斯身边的人都涂鸦。他的朋友，就是那些让涂鸦出现在意想不到的地方的人，他们画着不见面孔、持械暴打的手臂，恐慌的眼睛；人类和其他动物在笼子里一字排开，或者一个挨一个排着队，等待被屠宰。涂鸦者勾画出一串五条身影，是为了让人联想到另外一千条生命。一旦在暴露的地方涂鸦，他们知道行动可能随时会被打断，没有时间把勾勒的轮廓填满，于是直奔重点。线条虽然分散，却已足够吸引眼球，在城市的风景里引发小小的爆炸波，仿佛是更大型的爆炸预警。要是他们触碰了最不可企及的外墙，或者侵犯了象征权力的建筑的平静，他们的涂鸦就活不了几天，立即会被雇来的清洁工清除。

清洁工的人数比涂鸦的人还多，他们拿着微薄的工资，一言不发地干活，似乎他们的专注不仅能去除突然出现的要求改变的符号，更打翻了天平，再次确认在悬殊力量的抗衡中，服从依然是游戏规则。

反对派里面，那些选择不再偷偷摸摸而是光明正大行动的人（伊丽丝的团伙里面有那么几个）很快就被软禁了。他们曾经以为可以在网上发声，直至发现他们在网络上的所有信息都被截获，审查者或机器人会发布充满热情和同情的回复，但说的总是套话。被处决的少之又少——我们中的大部分人还嚷嚷说我们对待他们太过仁慈，说杀鸡儆猴也许能让最冲动的那些人平静下来，我们也用不着不厌其烦地去做预防的工作。但与此同时，反叛或者违抗行为却从来没有到达立案的程度，从来没有机会让最雄辩的演说家为其辩护，也没有大众媒体进行报道。

在这样的背景下，队伍中的某些领头者开始提出武装斗争。在一部分人看来，尽管遗憾，但这是他们传达诉求的唯一途径；在另一部分人看来（伊丽丝对这部分人更怀有好感，但也是那种不太确定的好感，她很清楚自己又犯了理想主义的错误），武装斗争无疑会让我们以及他们的同胞对他们丧失信任，把他们列为恐怖主义者。

“其实，”伊丽丝快快地嘀咕道，“没有什么好方法。”私底下，不用全副武装的时候，莱奥·奥斯提亚斯自己也承认。在墙上涂画、写字，往队伍中高喊一些传播得比病毒还快的句子，并不是（必须停止幻想）收复失地的开始，也不是迈向平等，充其量只是完成了一些举动。这些举动有它们的动人之处，大概也能安抚人心，却改变不了什么。当象征符号只是符号而没有后续效应，人们便开始明白，象征符号有它的力量，但单纯的象征符号没有任何力量。在现阶段能展望的前景里，他们没有任何既有效又不至于背弃抗争信条的策略。在想出别的办法之前，他们像蝙蝠一样挣扎、冲刺、碰壁，不择方向，像在一所监狱里，也许监狱的围墙很遥远也不可见，却坚实到叫人气馁，也没有任何给人希望的门窗。

桥底下。火车的颠簸。城东北，运河边。我等着。那是一天快结束的时候，是那种典型的污染天，雾霾遮蔽了太阳的轨迹，剥夺了过去和未来。黑暗时段与灰色时间的交接有些乏味。这样的夜晚轻易就能把我攥在手里。它知道我已经处于困顿的疲倦边缘，准备给我最后一击。

我等待结束——突然他就在那里了。我也许走神了，没看见他走过来，但他说出了暗号，就是他了。他比我想象中的更瘦，因为跑步而有点气喘吁吁。在他说话的声线里和极为简约的动作中，我真切地感到能量正不停从我身上流失，好像我不配拥有似的。他有那种瘦子特有的新陈代谢，燃烧所有他吸收的，点燃所有他触碰的。他的黄头发怒气冲冲地在头顶支棱着，右鼻翼上一粒极小的钻石闪闪发亮。我在心里一遍遍重复他的名字——莱奥·奥斯提亚斯，发现很难确定面前的这位是男是女，还是亦男亦女。我试图弄明白，用目光缓缓追踪他下颌的线条、嘴唇的线条、鼻子的线条，又错开一步看他的侧脸，还是看不出来。他没动，没有回避。其实他也在直勾勾地盯着我，平静地，持续地。我觉得刚见面就这样打量我的脸真是有点奇怪，有点难堪，或者说，有点让我难堪，但转念一想，不管怎么说，他也有好奇的权利。

我们就这样，面对面站着，没有人说出“伊丽丝老跟我说起你”这句话。他递过来那只制作好的身份环。“给，我尽力了。这样她就可以做手术了。”在听过伊丽丝跟我讲过的那些话之后，他的这个动作让我松了一口气。这对眼下的形势不会有任何改变，但至少有了一点具体的进展：一条生命得以保全，一个人被暂时救下。我心里想，他和伊丽丝之间是否发生过什么。这个问题我大概已经问了自己十遍或十一遍。他们之间是否有什么秘密？可即使真有，又会改变什么？这种问题显然一点用没有，但是想法——我们也都知道脑子是怎么运转的——随心所欲，未经允许就擅自前来。

我手里握着身份环。莱奥·奥斯提亚斯本可以接着跑他的步，那样也是更谨慎的做法，但他没有马上走。他知道我的立场，知道我为延长人类十年生命而努力过。

“方向是对的，我不会反对，但这样的改革是不是太羞答答了？”我做了一个疲倦的动作。这种话我听得耳朵都起茧子了，一边说“太羞答答”，一边说“贸然和危险”。“肯定不够，”我回答道，“但还不见得能通过呢！是差之毫厘的事。”我本来还想说不要因大失小，目标定得太高，可能到头来连一点小进步都打水漂，但我明白（魔鬼也许还是有点直觉的），这样的论据会显得不合适。

我本来可以说得更多，警告他说，这种态度恰恰就是反改革阵营利用的对象。雷米吉奥·古铁雷斯，每次召集会议都人满为患。还有玛塔·瓦凯，瞧她那副为民请命的模样。他难道没看见她频频出现在广播和电视里，声称媒体抵制她吗？对于妨碍她大声说出大部分民众所想的人，她声称禁言的时代已经结束，他们想说什么就可以说什么。记者们又不合时宜地就人类的遭遇提问，说别忘了我们还有那么多同胞生活在悲惨之中。她更大言不惭，不厌其烦地抛出老调：“睁开眼好好看看吧！你们难道没看见他们总是得寸进尺吗？平等，多么美好的价值啊！说真的，在他们不幸地从主宰者的位置上下来之前，从来没有认真对待过平等的诉求。这条道没有尽头，不要掉进他们的陷阱里。”

我本来可以拿出一堆诸如此类的解释，但现在不是时候，地点也不合适，而且他换了个话题：“伊丽丝说的都是你的好话，但你终归还是主人，不是吗？”不，这种话听着也不舒服。这个莱奥·奥斯提亚斯可真会说话，一句话就把我送入压迫者的阵营，指出但没有强调他作为被压迫者的一员所拥有的不合常理的优势，以及本质赋予他和伊丽丝之间的亲近。我不想自我辩护，那样等于承认自己有过错。我在心里说：告诉我，谁没有过错，谁无可指摘。我读懂了他的脸，补充了他的指责。我对伊丽丝的感情再真诚也是白费，在他这样的人看来，我对她的感情永远只是轻率或虚伪的激情，好像伊丽丝只是我的棋子，只要尽我所能照顾好她，我就可以不必从根本上置疑我们为其他人预留的命运。

我忍着没有反驳，我不想起冲突。轮到我转移话题：他觉得伊丽丝在医院安全吗？他比我更清楚她都做了什么，也更有条件判断危险程度。我顺便也提了一句贼人的事，既然也是她自己建议的。那个三人帮，黑眼珠子，行色匆匆，一副没头苍蝇模样。他问我是否拍了照片，我回答当时的情况不允许我拍照，但没往细节里说，他用看待菜鸟的目光把我从头到脚打量了一遍。“移植手术——如果移植的话，”他终于喘了一口气，“也只是个开始。”她完全有可能被盯上了或受到威胁，但这不是因为她在队伍里担任多么重要的职务，而是这些人不放过任何机会，对他们来说，没有无关紧要的行动：“往后，如果她需要我，我会在的。”

他会立即安排几个朋友在医院周边暗中监视。至于我，我不敢肯定每天都能去探视伊丽丝，因为法案很快进入审议阶段。于是我握住了他的手，用我最脆弱也是最热情的一面和我希望达到的不含任何恶意、讽刺和言外之意的语气，告诉他我对他有多么感激。

他摇摇头，回绝了我的情意："我这是为了她，不是为你。"我让他放心，我当然明白，但这也丝毫不能让我的感激减分。他说我真好笑，他会尽力，各司其职就是。然后，在消失之前，他朝我丢过来这么一句："这条法律，得让它通过。"这次，我感到他的声音也在颤抖，他也需要希望。

6

现在，我要告诉你们的，你们需要知道的是……我在养殖场监督行业干了十几年。并不是……我……有点难以启齿，但你们必须知道。就在我们身边。养殖业被小心地藏起来了，几乎隐形。为了让我们不起疑心，也不去想。我们就活在里头，却浑然不觉。或者我们知道一点点，但都是理论上的，词语只是词语，数据也不会自己找上门。必须亲身经历，就像我这样，才会了解到底怎么回事，才能发现原来、一直、到处都是，就在我们身边隐藏着……

我……我想说说这些事。但从哪儿说起呢?

进入这一行业，成为监督员（对，不如先从这里说起）并非出于选择。我修完生物学的时候，正是找工作最困难的时期。我们利用人类的劳力，调动他们的机器，完善我们的机械，本希望借此彻底摆脱艰苦的劳动，过上慢节奏的生活，休养生息，在阳光下思考宇宙和人生，这一直是我母亲的梦想。但由于一些我无法解释的原因，事情完全不是这样发展的。说好的悠闲生活不见踪影，相反，出现了一些没人知道怎么回事或者不想弄明白怎么回事的把戏。失业潮像神秘的传染病蔓延，人们朝失业者投去谴责的忧虑目光，好像他们得了鼠疫似的，马上会扑将过来啃噬。在找工作的那难熬的十五个月里，我意识到，如果什么也找不到，我很快也会沦为灰头土脸群体中的一员，终日与黑暗念头搏斗，脑袋空空无话可说，也不敢开口和别人讲话。可以说这真悲哀，但这就是现实，事情就是这样发生的。我们的社会竭力把劳动最大程度自动化，极尽所能降低成本，提高生产节奏，前所未有地缩减工作的可能性，然后把耻辱的黑锅丢给失业者来背。

不管怎样，当时的养殖业正处于发展中，需要监控，部里在招人。加之我的父亲病重（他沉重的呼吸声和阵咳穿过家中的过道，穿透隔板，不绝于耳，即便暂缓的时候，我们也总觉得还听得见），我不能挑挑拣拣，哪里有钱就得去哪里。可以说这真悲哀，但这就是现实：在那样的年纪，我们想知道通过改变什么，能让身边的世界更美好。但用不了多久，我们会改为考虑哪个领域前景好、哪里有工作机会、哪里有财富，至于财富的本质是什么、缔造财富、使它与日俱增的活动对这个世界有什么样的影响，就变得无关紧要了。总之吧！你们也说说。我也许小题大做，不过是为了说清楚我是如何被卷进来的。青春的年月里，有那么一些时候，我曾经光荣而天真地相信（我也不知道自己吃了什么药），自己有力量改变体制。结果体制大手一挥，就把我送到了他想让我去的地方，让我做起了它想让我做的事。

简单点说，人类分三个类别：为我们工作的；努力陪伴我们的；供我们食用的。我们把所有人类视为服务于我们的、可以最大限度满足我们欲望的生命，只要能让我们自己过得更好，或者为生活增添一些愉悦，我们就可以随心所欲。我们对他们可能有些无情，但也是为了我们整个物种的利益。天性使然，或出于理智的判断。我们都知道，物种的利益高于一切。

爱批判、爱论战的那些人——我早说过，我们这里的批判和论战分子多得出奇——当然断言，如此饲养人类，一些用来爱、来分享我们的日常生活，一些用来杀掉吃掉，是精神分裂的表现。我们可以觉得这事蹊跷，但就跟现实一样，蹊跷的事也不差这一件。这毕竟是我们能承受的最轻微的精神分裂。必须承认，吃宠物的想法从来没光临过我们的头脑：要是我们张嘴咬他们的肉，那不就等于承认我们自己也是可以被食用的，承认我们所在的四面墙里的一切活物都完全可以被肢解、放进烤箱、切成块、削成薄片，摊在盘子里，端出去，对大家说，快吃快吃，不然就凉了。

这里，人类在各方各面都走在我们前面，他们早感到有必要把界限划分得更清楚。大部分人允许自己食用为他们服务的动物，除了陪伴他们的宠物。我不晓得他们试图通过这样庄严的禁令击退什么恶意。反正，面对那些以完全不同的方式划分感性世界的人，他们也强硬不起来：有些人认为，没什么可以妨碍把一直被当作最佳看门卫士的狗加工成美味佳肴；另一些认为，人类跟其他动物别无二致，完全可以互相食用。战胜敌人，然后吃掉他，不比杀掉他来得更罪恶深重。相反，比起把他曝尸荒野任禽鸟野兽或虫蛆啃噬，把他吃掉可能更体面，证明对他怀有足够的敬意，愿意接收他的能量，成为他生命的有形延续。

真的，看着他们相互鄙视，交叉开火，把别人说成是吃马肉的、吃猪肉的、吃青蛙的、吃狗肉的和吃虫子的，真是太奇怪了。他们大声谩骂，面部因为厌恶而扭曲，浑身颤抖，无法理解。这些人如此反自然地存在，被如此丑恶的陋习俘虏，怎么还能声称自己算得上人类的一员？父母总是早早就不厌其烦地向自己的孩子灌输本土文化，口口声声，不容置疑，允许什么，禁止什么，什么可行，什么不可行，什么能吃，什么不能吃。再累，再怎么临时起意想违规一回，他们也不会松懈：必须分清再分清。人类不喜欢混淆，不喜欢混合体，不喜欢模棱两可；所以他们一开始就被我们吓傻了，时至今日依然觉得我们是不可能的生物，是个重复出现的顽固噩梦，但总有一天会消散。

对他们来说，思考，就是切割、分拣。把东西和生物分门别类，然后关上门，后来的就不让进了。这等于断定，如水一样流动的、可塑的、又如原子一样不可见的生命的延续，不过是表面的幻象。挖出分界线是可能的，也是必须的。第一条分界线，当然，也是最重要的，就是使他们有别于其他生物的、得以端坐在一切造物之上的那条。他们声称自己是诸神之子——他们总是对神的形象进行自我幻想，诸神也总是匪夷所思地替他们说话——神挑选了他们，派他们为代表前来完成使命。他们觉得受神指派的证明四处可见，嚷嚷说自己是唯一能掌握符号语言的动物，是唯一能修建城池、构建思想意识的动物，也是唯一不允许自己被吃掉的动物，这一点使他们引以为傲。他们之所以发明了那么多工具和自卫的方法，最重要的原因就是要脱离普遍命运，晋升食物链顶端，保证自己至少不会被活活吃掉。对他们而言，最可怕的死法莫过于被野兽生吞活剥，而最大的乐趣是日日大啖野味。

从某种意义上说，我们在模仿他们，也接受了这一思想。轮到我们害怕混合，拒绝模糊。我们决定，养殖用于食用的人类决不能跟为我们效力的人类混淆，也不能跟陪伴我们的人类混淆。要严格将这三种人类分隔开，禁止互相繁殖，使他们最终进化为同一物种的三个不同分支。人类分三个类别：为我们工作的；努力陪伴我们的；供我们食用的。他们不能随意变换类别，出身是哪一类就永远是哪一类。任何移动、变换的行为都是违法的。我的问题——也就是伊丽丝的问题，就出在这里。

在我们作为主人和占有者的统治方式中，最让他们战栗的，也是为我们赢来魔鬼称号的，就是我们养殖人类的做法。我们大量养殖人类，然后食用他们的肉。

就我个人而言，我尽量少吃。我并不比别人蠢，也知道享受好东西，知道猛火煎的肋排是至上的美味，知道要用煎铲而不是叉子翻面，以免肉里的血液流失；他们身体上的那个部分——大腿上方，臀部——我们叫后腿的，无需刷油，只要把脂肪部分割开，直接放入烤箱中，等它烤化，出炉的就是精瘦柔嫩的完美肉块。我知道烹肉的方法不下几十种，每种都是艺术。我们中间也有深谙此道的，他们往往都是风雅之士，光是说起烹饪的艺术就叫人垂涎——和如此蓬勃的生命在一起，适合享受每一天，忘却死亡。但我没能做到：最近，有些事情让我收敛了，我只有碰到特殊的日子才吃肉，日食月食，彗星经过，八月里的流星雨夜，赶上过节，我们纪念自己的出身，感慨万分地回忆起这一路走来，这些时候，我不太好拒绝吃肉，怕引起别人注意。我没有为自己立下严格的硬性原则，知道薄弱的意志总是会赶上来，但我确实给了自己一些限制——即使这些限制永远不会变成绝对的禁令，我也不认为它们毫无用处。我知道在这个问题上，数量有多重要。

不管对他们、对这个庇护我们的地球，还是对我们的身体健康，每年杀两个人和每年杀三百万人完全不是一回事。

当然了，我身边很多人认为我是端个姿态，装腔作势，有些闭口不谈，有些则相反，不说就心痒难当。他们说我拒绝享受生活实在遗憾，指责我不懂什么叫牺牲品，说我把自己搞得跟晕血的娘们一样，多愁善感。也有的人说我还抱着傻兮兮的理想主义，压根没弄明白活着就是制造死亡。我用了不少时间才明白，这些冷嘲热讽和指责其实是他们的防线，用来抵挡一切质疑。一旦他们感到防线变得薄弱，或者隐隐感到自己有罪过，就会加倍疯狂抵抗。必须进攻，又快又狠，才不至于被拖进说理中。“你干了这么多年的生产监督，”有天一个朋友问我，“你就没觉得碍事？怎么突然咯噔一下，就这样了？”我不知道，我是在那样的环境中长大的，只觉得那样很正常。推翻必然、条条框框和成长中接受的思维需要时间，但我觉得这个过去已经很遥远。我只是见得太多了。

进入生产监督行业的头几个月，作为培训，我们应邀挨个参观产院、育婴室、增肥园、屠宰场、切割厂。接下来，我们要定期换部门，一来省得重复工作生厌，二来避免因利益冲突，和养殖场主把关系搞得紧张。所以，可以毫不夸张地说，我熟悉整条产业链。它很复杂，但每一个环节我都亲身体验过。

要是从一开始说起……首先，人类要做的，是出生。根据他们的重量和身体状况的不同，婴儿可以在母亲身边停留四到五周不等，然后母子会被分开。我们等到夜里，睡梦中，把婴儿抱走。我和同事之间曾有过揪心的争论，想弄明白，第二天早晨当大家醒来时，是面对没有母亲的婴儿好受，还是面对失去了婴儿的母亲更容易。事情不那么简单能下定论。不管怎样，反正不是开心一刻。

到了育婴室，孩子们得适应人造乳头，它勉强能满足他们吮吸的需求；同时要提供由奶粉、脂肪、维生素和激素混合而成的强壮剂。我们中有一部分人为所谓的动物利益而奔走。没有更好的叫法，就姑且叫“动物利益”，毕竟我们本身也是动物。我们这些同胞认为可以让婴儿在母亲身边长到两岁。想法是慷慨的，但这么做的话，他们的生长速度就太慢了；孩子对母亲过分依恋，分离的时候会更痛苦。母亲们呢，很可能会教孩子们说话，这就会对我们接下来的工作造成极大的麻烦。说白了，这是我们所不能允许的。总之，在这一点上，普遍认为，现行的方法是我们所能想到的最温和、最不残忍的。

人类一旦能够直立，并且踉踉跄跄地迈开步伐，我们就把他们装上卡车或火车，运往增肥场。有些企业直接负责把人类从孵化场发往屠宰场。不过，这种两三岁龄的肉就算非常美味，大部分人也支付不起的，尽管他们想办法吹嘘（此肉只应天上有？最优秀的我们，难道没资格享用极致美味？），这依然是小众产品。我几乎可以肯定，你们往家里送的不是这种肉。所以，他们绝大部分还是被送往农场，在那里长到成人——女孩十三四岁，男孩十五六岁——也就是说，可以屠宰的年龄。

因为需要做梦，需要让自己心安理得，我们往往愿意相信，最终到了我们餐盘中这些人的一生是在户外度过的，在牧场与树林里，日升与日落间，他们终日吃喝睡觉嬉戏玩耍，然后，在毫无预感的情况下，某个黑夜来临，交易的哨声响起，宣布游戏时间结束，他们就被送到了屠宰场。画面如田园牧歌般，知道点历史的都晓得田园牧歌意味着什么。我们可以觉得悲哀，但所到之处，我看到的现实，让我不知所措的现实，如果我把脑海中奔涌而出的画面静置叠合成一幅图，它更像是这个样子的：巨大的铁棚，平顶或斜顶，冬天冻得要死，夏天热得要命；中轴的两边是安着铁栅的小房间，金属支架一直延伸至天花板。铁栏房每人一间，如果农场主按规章办事的话，每间房至少应该三米长两米五宽，里头有一张地毯，可以躺在上面睡觉。房间前面有食槽，盛放食物，还有一根管子，嘴凑上去可以喝水。房间某处，一般在侧面，有个洞，大小便在那里解决。这是现代单人房，标准间。原来有一种单人间，人在里面不能走，伸不开腿脚，只能直接躺在地上，好几年前被禁止了（在我们的一篇报告发布之后，我为这篇报告贡献了一部分章节，为此我还在部里好几天加班至深夜，还和萨斯琪雅大吵了几架）。不妨设想这样的单间是难得一见了，尽管监督部门远没有手段去核查规定是否真正落到实处。

他们吃的是大豆面包、鱼粉和掺了必要的抗生素和镇静剂的泥状食物，目的是用便宜的食物让他们快速增肥。大部分时间里，他们都生活在幽暗处，一来是节能，二来是为了降低攻击性。需要通风的时候可以开天窗，每天最多开五六回，每次开几分钟。维护得好的话，养殖场里有很大的味儿，但不会太糟糕。如果有人生病，在房间里随意大小便，而不是解决在那个洞里，那气味就不堪入鼻了，饲养员在里面干活就得一直戴着口罩。人类一天到晚也呼吸着同样的空气——呼吸着灰尘、氨和不知名的细菌。有那么一两个商家执意为人类制造价格低廉的口罩，但绝大部分饲养员都认为人类并不需要。

必须承认，如此的生活条件造就不了什么好品质，他们老是无精打采，又吃下那么多药物，身上会长出疮痂，出现残疾，有时候甚至会畸变，那真是不堪入目。如果把他们拉到户外站着，他们会踉踉跄跄，走路超不过两公里。虽然透过铁栏能看到同胞和棚里的大部分空间，但他们的生活还是十分单调。加上不会说话，他们很少表达——呻吟、尖叫是没法翻译的——但我们大概能猜出他们感到很厌倦。有研究表明，当我们放出几个人、让他们做选择要么去游戏区玩耍，要么去吃比平日饲料更好、更足量的食物，大部分会先去玩耍，活动腿脚，因为这能改变他们的状态，刺激他们，而且他们应该也隐隐觉得机会难得。你们会说，他们还是孩子，但我不认为成人就会有不一样的行为。这是因为，所有迹象都表明，他们认为自己生来不只是为了吃睡排便。

凭第一印象，我们会说，如果把他们放在大型的封闭场所集体饲养，他们可以享有更多的空间，可以有更容易令他们感到满足的社交生活，但冒这个险的养殖场主摔了个鼻青脸肿。这些人挤在禁闭的空间里，不得不忍受同类的叫声，变得无比易怒，一切集体活动必以失控告终。事实是，如果不对他们加以管束，他们之间会大打出手，甚至互相厮杀，有时候还有相食的现象。我们有些同胞贬低他们，坚称这是他们身上的野性，我却不这么认为，这更多是因为他们在同一个棚子里被关了七八年——数量的重要性就体现在这里——又无法互相认识、彼此接近，更遑论产生好感。由于他们不能掌握语言，我们也很好地做到了不在他们面前多说话，他们只能进行非常粗浅的交流。然而，我们也不能任凭他们随心所欲地生活，发展适合他们的社会组织模式，否则他们的智力很可能会重新占上风。大家都记得保罗·西格里奥以及发生在他身上的事。

保罗·西格里奥是我所在的城市和周边若干城市许多大饭店的肉品供应商，他的面孔时不时会在新闻里出现。一张讨人喜欢的圆脸，很阳光，很单纯。在他的养殖场里，人类住着舒适的木屋，有正儿八经的床，在食堂用餐，每隔一段时间可以到大自然中溜达。有点像度假村，我们会把孩子送去那里学习野外生火、交朋友的那种。保罗·西格里奥处处声称他不是博爱主义者，只是好像比大部分人更早明白，只有幸福的少年才能最终产出最优质的肉。这种漂亮话大家都爱听，不过据我所知，没有任何研究能证明这一点。但他坚持自己的观点，脸上总是高高兴兴的，眼睛还有点斜视，一副无害无邪的样子，谁也不会愿意加害他这样的人，他好像跟所有的人都合得来：唯肉是图的，敏感多虑的，满脑子伦理道德的，无肉不欢的。直到有一天早晨，客户发现他横尸自家养殖场宿舍门口，被几个场里饲养的年轻人拿斧子开膛破肚。其他员工的尸体则被剥了皮，大卸八块，散弃在松林里的小溪边，像个高深的拼图游戏，调查人员花了好几星期才把尸块找齐。追捕行动没能抓住所有罪犯，这场光天化日之下的屠杀让许多养殖户打消了采用尊重人类生活模式进行饲养的念头。如果不想让自己葬身乱斧之下，就必须考虑人类这一物种难以管教的特点，他们面对剥削必定要反抗。许多人认为，既然这样，不如只养猪养牛好了。不过这笔账也有待算清：鉴于其他动物的肉比人肉售价要便宜将近一半，饲养人类也许还是有利可图的，只要监控得当，预防措施到位。

避免他们互相残杀或奋起反抗的最简单的办法，就是先下手为强，防患于未然，换句话说，就是砍掉他们的手。事实无数次证明，一旦没有手，他们就很难准确打击，无法做出掐的动作，也偷不了他们做梦都想拿在手里当武器挥舞的工具，最多只能用脚把人撂倒在地，然后进行打击。不过，砍掉他们的脚不在考虑之列：软禁已经抑制了他们的运动反射。如果被迫保持静止状态，他们会产生严重的精神紊乱，不进食，健康状况迅速恶化，即便能活下去，交通运输也会成为大问题。有些情况下，我们是需要他们合作的：迈开脚步，向前进。手嘛，用处不大。食物只需要制作成流质，用软管导入，他们能用嘴吮吸就好。我们会定期清理这些流质管，不用他们动手。不用我说你们估计也能猜到，这一点也不是两相情愿的。业界很多人认为手是个“假命题”，他们指出，不管面对怎样的惨状，女性的攻击性要明显弱许多。就凭这一毫无科学依据的看法，他们便对男孩采取阉割法，一到农场就执行，孩子们还弄不清被取掉的是什么，也不知道会因此失去什么。手法干净利落的话，整个手术用不了一分钟，也不需要麻醉。把他们摁在地上，用小刀割开阴囊，先后抓住两颗睾丸，猛地一拽。等到嚎叫平息，他们不仅会变得听话、平静，而且会迅速增肥。主张此法者自有一套理论，他们说，既然我们不给他们知道性为何物的机会，何必留着这个完整的生殖器官添堵呢？等到他们身体开始发育，这东西还会在他们身体里暗涌起强烈、难以自控却又无法满足的欲望。至于手，他们的理论是，手从小就有用处，可以摸抓抱，触碰自己的身体，认识到他属于他们每个人，而且各不相同，这也是他们的幸福和身份的一部分。

无须细说持这两派不同观点的人如何相互控诉对方的残忍和徒劳。在生产监督部，我们没有发起调查以评定对错，因为这两种方法其实都是违法的。如果着手分析效应，会让外界以为我们要为他们正名。所以我们（其实我应该说他们，毕竟现在我已经不是其中一员）就当他们没什么市场，仅仅满足于惩罚一些顽固不化的养殖户。尽管如此，由于罚金不高，惩罚并无真正的威慑力，加上监督部门实在难以实施有效的监督，许多企业主依旧将这两种方法纳入他们的经济模式，与其看着自己的养殖场由于死亡率节节攀升和暴力事件丛生，工作愈发艰难，还不如时不时交点罚款。

我到企业检查时，大部分情况下，清理工作已经完成。要知道我们没有定期检查的条件，我斗争了好些年，就是为了至少能进行临时的突击检查。在这一点上，阿金姆·多泽尔和我意见一致。我们就是在为这项改革辩护的时候结识了彼此。但法律没有变动：它依然强行要求十五天的预先通知期，再迟钝的养殖户也有足够的时间恢复秩序。行业协会声称临检会让他们觉得像嫌疑犯，我们老是抱着捕捉犯罪现场的目的，动不动跑去检查，这显然不利于维持互信的氛围，而如果缺乏这种信任，我们都知道，事情就要走下坡路了。依我看，检查，但凡提前通知了，那就不是真正的检查。其实作为一名监督员，只要你往屋子里一站，人们说话做事的方式都会不一样……这一职业最叫人难受的地方，客气一点说，那就是你是不受欢迎的人。但即便是在这样的条件下，我们的工作也是有用的。因为在十五天的时间里不可能把一个养殖场上上下下重整一遍。如今工业高度分工，要证明上层领导对底下分包商的“不正派”做法知情就不是件容易的事。只要律师嗅到底下有不对劲的气味，买主往往会自己曝丑闻喊冤，声称自己是第一个受害者，由此与供应商断绝关系；供应商要么被禁止营业，要么被强制清理，但反正用不了多久就会重新出现，生意又自然而然运转起来。只要有市场，不是吗？……

与某些养殖户想象的相反，督察员不见得一发现违规行为就会快意丛生。就我而言，我已经对此感到厌倦，甚至沮丧。当你知道规则尚有不足，却还没被好好遵守……当我看到，就在我眼皮底下，雇员竟敢诉诸暴力，我真的想知道我背过身去又会发生什么。他们自己描述的当然又是另外一个故事：他们把我们看作冷血的技术官僚，铁面无私，跑来找普罗大众的麻烦，因为我们根本不了解他们过的是什么日子。他们咒骂我们要求他们遵守的规定，“真是越来越坏，说真的。我们看到这些规定，心想，这下应该够了吧，下手够狠的了，你们也该消停消停了。哎，并没有。你们永远不满足，你们总是能变出新花样。我们呢，活都没法儿干了。”我明白他们的意思，知道他们的苦楚，起早贪黑地劳动，身体不听脑子使唤，一看账本就心焦，困在天地间深感孤独，没有存在感，或者说微乎其微的存在感。他们中的许多人并不反对减少养殖密度，增加人类生活环境的舒适度。他们知道这样也会让日子好过点，但需要改革的是整个制度。只要我们以如此低的价格买肉，让养殖户增加这部分开支，纯粹就是要剥夺他们的利润，让他们关门大吉。

屠宰场也面临同样的问题。我曾经频繁去往屠宰场，四年的时间里，这些地方的生产监督是我工作内容之一。夜里，我和卡车同时到达。他们在明码标号的大门前倒车，列好队，慢慢地、小心翼翼地把车上的人卸到门厅里，同时又不给他们太多机会再看到自由天空的模样。我在更衣室里套上罩衫、鞋套、头套，双手打上肥皂，再用热水冲洗干净，然后慢慢地，小心翼翼地，进入大厅。

运输往往在夜间进行，一来为了减少他们路途所见，二来避免他们因为过热而窒息。他们很害怕，既不知道自己身处何方，也不知道为什么会被弄走。走出卡车的那一刻，他们是否还是能大概想到自己的命运？无从得知：毕竟，他们不会说话。也许他们只是觉得时候到了，不管这在他们头脑中意味着什么。农场里，当他们在非正常时间被叫醒，又是这么多年来第一次离开大棚，这个时候，是最恐慌的时刻，农场的人说。因为一切都是陌生的，无法理解，而这个时候，他们还是完全有行动能力的。登上卡车之前，人们会往他们肩上注射镇静剂，使他们平静下来。运输时间尽量不超过二十小时，但不见得总能如愿——屠宰场不是到处都有，大部分屠宰场都建在远离居住区的地方，这大概也不是巧合。无论如何，二十小时是个坎儿，超过二十小时，那就得把他们放出来，给他们吃东西。这一过程极难管理，卡车司机宁愿快马加鞭赶路，避免这一步。卡车后半部，他们要么站着要么蹲着，设备好点的车厢顶上安有一个管道网，往下喷洒水雾，可以使他们不至于过度脱水。他们不习惯移动状态，更别说车辆拐弯，大部分会难受、晕倒或呕吐。

到了目的地，他们先被安置到门厅里等着，稍作休息，至少先平静下来。不仅是保罗·西格里奥，谁都知道紧张会对肉质和肉的保质期长短有不利影响。所以，这段时间里，他们全部聚集在一起，可以自由活动，这是需要特别警惕的阶段。屠宰场的工作人员动不动就会对他们拳脚相向，把他们打昏，电击那些他们觉得有反抗倾向的人。尽管如此，总的来说，他们过于愚蠢，难以有所作为。

半小时后，他们被一个个带进引廊。引廊就跟他们的肩一样宽，跟他们的生命一个道理：一直走，一直走，走向死亡。他们若是不接受，不愿前进，在他们身后闭合的滑动隔板会推他们往前走。有些人试图抵抗，往隔板上爬，但隔板上着力点太少，压根爬不上去。电击区前有一扇闸门，不能让他们看见等待他们的是什么。要是看见前面的人遭遇了什么，他们会发疯。当然了，有一些人还是能猜到，他们应该还是有这样或那样的预感。尖叫走廊从这里开始了。这叫的呀，他们不停地尖叫，那叫声持续，而且音高和难以忍受度不断攀升，当音高登峰造极之时，戴着隔音耳机的屠宰场的雇员、领路员、麻醉师也忍无可忍，他们也开始吼，或是辱骂，或纯属尖叫，为了盖过其他人的叫声，抵抗外界的刺激。不过，引廊里的人类，不管是在往前走还是在反抗，都拼命把身体往隔板上靠。他们是叫得最响的一方，因为他们感到这是最后一次了，再无任何东西可以留住他们，没有未来，没有期限。在肩膀的高度，夹钳将他们的身体夹住。麻醉师举起麻醉枪，对准他们的额头释放电流，这一击按理是让他们处于无法抵抗但又不受罪的状态。如果一切顺利，他们此时会倒下。看着他们倒下是个很可怕的过程，但更可怕的是他们不倒下。必须再电击一次，或者，万不得已，得用射钉枪将一颗钢钉打入头颅中。

他们失去意识、倒地、被传送带运往屠宰区。一到那里，悬挂工便在他们的脚踝处套上金属环，再用挂钩将他们倒挂起来。他们头朝下，双臂悬在空中，看起来已经像没有生命的东西，高架吊轨把他们带往放血的岗位。屠夫牢牢抓住他们脖子，一个坚决的眼神，干脆地一刀落下，劈开了咽喉和颈部静、动脉。放血开始了。这血流的呀！压力下的血喷溅而出，到处都是，地上，衣服上，脸上。想后退一步，调整呼吸，离开一下，但另一个男人或女人已经来到，另一道喉咙已在眼前摆好，所有动作重来一遍。当然，我们愿意相信，他们已经走了，什么都感觉不到了，所以也逃过了这一刻。但是，别被骗了：百分之百电击成功，那是写在纸上的，是飘在空中的理想状态，是流传的美丽故事。实际上，有许多人——以大型屠宰场的规模来算，每天几百人——被放血的时候还是有意识的，只需电流麻醉失败。或者屠夫处理滞后了，高架吊轨上出现拥堵，他们便有了时间恢复意识。同样道理，大刀的那一下，尽管力道足，也不见得总能立马置他们于死地。要确定他们死亡，必须停下来，等上几秒钟，观察一会儿，有时候送上慈悲一击。但这样做的话，就是无视屠宰流水线的节奏，流水线是按——数量，还是数量——每小时处理两百到三百例的速度设定的。对此谁也无话可说，因为它本身就不让任何人知道。

他们在放血吊轨上保持悬挂，等待身上四五升血放干，然后就该去毛了。投入六十摄氏度的水中，除掉身体发育之后长出的体毛，皮肤变得光洁。头发往往是最顽固的，得用焊枪烧，有些男性还得把生殖器官的残余去掉。接下来的力气活由机器来完成：第一锯，锯掉脑袋；第二锯，把人体从中间垂直锯开。脑袋掉落到传送带上，运往加工包装区：面颊和舌头是抢手货，有些肉铺还喜欢陈列整颗人头作为装饰，也似乎是货真价实的保证。与此同时，剖肚工用手摘下内脏，放到桌子上检查是否有肉眼可见的异常或病变之处，然后把不可食用的，像肺、胃、肠等统统丢掉，只留下心脏和肾脏。从这一刻起，工人摆弄的人体已经看不出原样了；灵魂已然远去；痛苦从此结束，只剩下肉。肉从哪里来很容易就被忘掉，只要饥饿还在，肉就是可口的。

这就是生产线的流程，是我们吃肉的代价。它隐藏在我们身边，被我们的无意识高效屏蔽，于是我们还能继续生活，就像什么也没发生，那些血也不会溅污我们自我想象中友善温良的形象。我们下意识地把这些东西推到黑暗的角落，再下意识地将其分解。每次吃起人肉，钻进我们头脑中的是自由人的身影，是在街上和我们擦肩而过的那些人，身形瘦削、轻盈、慵懒、绝对的优雅的那些人，我们会禁不住回头再看他们一眼，一分钟，几秒钟，一瞬间，转瞬即逝，弥足珍贵。但我们吃的这些，在他们活着的时候可没有这般优雅。拜我们所赐，他们成了这些沉重的造物，颤抖的肥肉，不堪入目的疯子。他们活的时间很短。他们是隐形的，什么都没见识过，只见识过大棚、无止境的苦难、卡车，最后是恐怖。先是终身监禁，接着是死刑，他们甚至没瞥见过世上的道路、林中私语的树叶、露天咖啡馆没完没了的对话、当我们举杯相庆时酒杯上的闪光或是恋人或朋友嘴角的笑意。

如果跳出常理仔细想想，圈养人类食用并不是件合理的事。这活儿条件尤为苛刻，麻烦事一堆。即使他们被养得很胖，比起我们到来之前他们饲养作食物的动物，肉还是少很多。但止步于这一类反对意见的，怕是没有明白象征意义的重要性。如果我们只把圈养人类当作是获得食物以及身体需要的一定量的蛋白质的方法，显然，开支成本是要远远高于所得结果的。与其种地来供养人类、猪和牛，然后再吃他们，不如直接吃大型农场出产的谷物和蔬菜。我看了一些数字，发现，尽管生产流程精益求精，而且我们坚持不懈地追求利益最大化，乍一看这些数字确实能唬人，但我很快就明白，养殖业属于消耗巨大却效率一般的产业。也就是说，我们的人，在建立这一套系统时，想的不是利益。他们肯定是亲口尝过了人肉，吃得飘飘欲仙，他们感到，吃人肉是坐实我们统治地位最辉煌的方式。让我们每天太阳升起的时候都可以提醒自己，人类的生和死掌管在我们手里，我们完全有资格当他们的继任者。我们也都知道，人类创办的大型肉业公司的生产方式也没好到哪里去：几十年的时间里，肉类工业为了满足市场需求，不顾后果地扩张。然而，稍微对这个问题做过一点研究的人都知道，要天天吃肉或者让地球上所有人都吃上肉是不可能的，否则，代价就是穷尽土地和水资源，污染空气，玩火自焚。

我们做出了我们的选择，这里头八成有反击或报复的意思，我们是不敢承认的。你们会说，人类没有对我们怎么样啊！错！他们当然有对我们怎么样。他们毕竟糟蹋了这个世界，按我们一路走来的经历来看，这里本来是宇宙中最舒适的星球之一。但他们自以为是，揣着那点智慧，为自己行动的规模和进步的速度沾沾自喜，愣是一步步把这个温柔乡变成了地狱。即便我们的确享用了他们的建设成果，但将来肯定有一天，我们不得不提前开始重新流浪，那也是拜他们所赐。这一切不容小觑。面对耳边时不时响起的揭露养殖场恶劣条件的声音，要反驳是很容易的。这些人没什么资格抱怨，毕竟截除牛角的是他们，弄断鸡嘴的是他们，碾碎小公鸡的是他们，剪断小猪尾巴的是他们，拆散小牛犊和牛妈妈的还是他们。他们每天早上在槽里发现病入膏肓或已经死去的动物，嘴里说的是损失的配额。今天遭罪的人类是昨日的刽子手，他们的暴行足够列出长长的清单。他们没有手持大刀杀戮，但大屠杀正是以他们的名义才进行的。对其他极端暴力义愤填膺大声抗议的人，却能接受这样的暴力被掩盖、被处心积虑地藏匿起来。

这样看来，我们重新洗牌发牌，把他们强行摁入他们千方百计要脱离的动物统治，也算是还非人类以公道。问题是，这种以牙还牙的做法在我看来一点也不巧妙，也不利于梳理我们这些活生生的个体之间的关系。复仇有它的诱惑力，貌似。统治也有它的迷人之处：只需两代，人类的奴隶化和养殖就已经成为我们创造的社会架构的一部分，写入了我们的权利、道德、信仰和日常重复的每个举动之中。既然这样做并不合理，那我们无疑是在里头找到了一种表达身份诉求的迷人方式。就是在这里，我们跳出了实用论，当我们进入无理由和貌似的荒诞里，文化就产生了。不管对于我们还是对于其他动物，吃，从来不仅仅是填饱肚子，而是确认我们是谁、我们在各色生命中排名第几的有效方式。以众生为食——我们经常以名义担保会这么做——是站在高处俯瞰天下。因此，当被问起我们是谁，我们可以回答说我们不只是流浪者，不只是魔鬼，我们是吃人的那一拨，不管他们曾拥有什么，我们才是新的主人和占有者。

对我来说，很长一段时间里，这样的理由是说得过去的。我心想，既然这已经是文化的一部分，我们就是这样被定义的，那就不是能改变的事。既然人类和其他动物比我们低等，我们也就没必要过度操心他们的命运。我打心眼里认可这种说法，在我看来，为我们效力和陪伴我们的人类，他们的生活有多扣人心弦，食用型人类就有多无趣，他们不会读也不会写，连话都不会说。我对自己说，得是多么感情用事或多么扭曲的头脑才能不仅仅把他们看作行走的肉啊！实际上，每次从他们跟前走过，我都对他们视而不见。我完全受体制所控制，不停地往前走，往前走。活儿得干啊！那我就干活。地球上有很多人只是满足于干活儿。

然后有一天，这一切都变了。一切的一切，在极短的时间里。这一天活在我的记忆里，带着泥浆和雾气，还有白杨。它在发抖。

有一天，我遇见了伊丽丝。

7

城市的西边有一大片区域，没有名称。既然是在西边，我们就只管那一片叫西部。若是非常靠西，到了风和海浪拍打悬崖的地方，我们有时候会说那是大西部。那片高地上有许多养殖场。我记得很清楚，那是十一年前，深秋，很冷的一天。我脑子里保留了所有细节，就好像寒冷把它们冷冻保存了下来。不管我们如何努力，这个世界还是越来越热，热得冒汗，热得粘连，热得窒息。我们等着寒冷的日子，等得有点不耐烦，还带点幼稚的好奇心。我们希望这样的天气在嗜睡的身体里重新唤起意想不到的、带点奇迹的感觉。这样的记忆更清晰，是因为它们与日常对比太鲜明。但当它们真的到来，我们往往必须面对它们的粗暴、它们难忍的尖刻，还有灾难性的坏天气，让人不怎么想迈出家门。寒冷，当它真正笼罩时，渗入骨髓，鞭笞发肤，我们突然又想念不冷不热的温和气候，不知该过哪个季节。

十一年前的这一天，尽管有风有雾，天气还可以。阿金姆·多泽尔和我决定坐火车到这一地区的首府，再租辆汽车。他睡了一路，双臂交叉，脑袋微微耷拉着，带着他惯有的平静。我看着窗外景色飞驰，近在眼前却不可触碰，因为列车片刻不停。每经过隧道，突然改变的气压便把我推入声音减弱的世界，所有对话和物件瞬间失真。我内耳的问题那时候就开始了，我在中间过道上走得跌跌撞撞，试图说服自己，在心里重复着萨斯琪雅的话。她说这只不过是个小毛病，兴许是暂时的，不过我仍然有些担心，毕竟我经常出差，我能想象这毛病会给我带来多少困扰。

当我们终于到达车站，重新呼吸到自由的空气，我真是高兴。寒冷攫取我的能量，但也会给我能量，它用隐形的针刺我，血液又流动起来。每天都有几个小时在室外度过，这是我还能忍受这一职业的原因之一，也是身陷部里没完没了的办公室日常工作时最让我想念的事。

正当我走在广场上，一条黑影突然快速从我两腿间穿过。我踉跄了一下，本能地以为应该是一只猫或一条狗，可是当我看清面前逃窜的动物时，发现既非猫也不是狗，很诡异的，是一只海狸鼠，两条人影从我身后窜出，逮住了它，包了铁皮的鞋头照着它的肚子就是两脚，一下子把它踢飞出去好几米。“什么乱七八糟的……”阿金姆在一旁评论道。我抬眼望去，石板砖铺就的广场四周全是露天餐馆、商铺和有钱人的房子，有五十来个农工——更确切一点，是一些人类——正在往地上倾倒一车车肥料，黄色的拖拉机在他们身边围成充满敌意的稳固包围圈。不远处，几名红脸农工正把海狸鼠从摞在卡车货箱上的笼子里放出来。有人先往它们的脸上洒绿色的涂料或胶水，然后再任其逃窜，展开追捕；还有人则直接把它们往地上一扔，随即抡起棍棒实施碎脑大法。标语牌上写着口号，或关于大卖场海狸鼠贩卖的价格，或指责保护生物多样性荒谬到竟然保护有害生物上。

这一切并非没有来由。我早就听说农民们烦透了海狸鼠，这一地区遍布大量盐田，海狸鼠四处打洞挖地道，导致水道池岸松软，它们还吃掉大树的树皮，在家畜间传播某些疾病。但我依然觉得，人类如此张扬地表达自己的愤怒是愚蠢和不得体的行为，如果把每一寸土地都占为己有或打算和其他物种共居，难道不应该预料到会有抵抗吗？难道我们在路上看到的被车碾压的海狸鼠还不够多吗？这些汽车显然没有要刹车或绕开哪怕半米的意思。不过呢，我也还是能理解这些乡下人，他们在城里不受欢迎，于是跑到这里来露脸闹事，倾倒发臭的土和城里决不允许的暴力。

广场上的海狸鼠惊慌失措，盲目地四散奔逃；人们追赶着，挡住它们的去路，一面还得当心，不要一脚陷入铺满地面的粪肥堆和屎血混杂的浆状物中。阿金姆皱着眉头，提醒我，人类用这样的方式抱怨这一侵略性物种的破坏，有点滑稽呢！“真是疯了，对不对？想一想……这叫物种法则，你肯定会说：逮到谁就拿谁撒气。”

暴行还在继续。又有其他卡车陆续到来，刹车的摩擦声响起，我们的警察守在广场的一角，目前看来还没收到介入的命令。对待被压迫者，注意留几条通道，尤其当留通道没什么成本的时候。我拉了一下阿金姆的衣袖，离开了广场。此情此景，从中调停相当复杂，甚至不可能，但没什么逼我们非得在那看着。

我们取了车，开在乡间道路上，比平时开得慢，确保不会轧到任何人。阿金姆转换话题，开始说起他前一年夏天和妻子在这一带旅行。他喜欢走在退了潮的沙滩上，朝远处的大海走过去。越靠近，大海似乎就退得更远，天际线也是。他是个游泳好手，丝毫不怕大海冷不防卷着浪花打回来。撕裂的天幕之下，在沙地上的漫步，那几个温馨的星期，像是父母初到这里的时光，但少了一些开拓者的焦虑。我听着，没有说话。夏天的存在看起来不甚真实，有什么东西在我身体里颠簸，我担心一张口会倒流回去或漫溢出来。

高地上的大型农场通常是敦实的方形建筑，外围有一圈勉强能抵挡强风肆虐的杨树篱。我们在找我们要检查的那家农场，找了好一会儿：大雾蒙住了道路，很难判断该在哪里拐弯。我们什么也看不见，仅凭地图的指示拐进了一条岔道，又开了三四公里，才进入农场。

中间那栋房子的小台阶上有个身影，要么是听见有车开到沙砾路上从屋里出来，要么已经在那儿等了很久。我们走上前去。他是农场的主管——我们的同类，身形笨重，面色苍白，犹犹豫豫地对我们说了句同样苍白的欢迎词。他不停地跺脚搓手取暖，眼神似乎在说，时间不是太早了。不过他还是请我们进了厨房，问我们要来杯咖啡还是来口烧酒，填写表格毕竟要花点时间。他裹着围巾，戴着帽子，还是抵挡不住阵阵咳嗽，身体剧烈颤抖。他时不时往水槽里啐一口，咖啡机在一旁费力地工作。我说了一句表示同情的话，他手一挥干脆地打断，好像身体一点问题没有，或者不相信我的话是出于真心。在场的还有一名员工，瘦瘦的年轻男孩，脸上线条就跟刀刻出来的一样，我们进来的时候他站了起来，手上包扎着绷带。他们之间不时迅速地交换意见，嘴唇都不怎么动，我没法得知他们在说什么。阿金姆提到在城里看到了示威。他们大约知道有这么回事，似乎觉得挺可悲。“我不知道你们是怎么想的，”主管说，“我吧，我老觉得他们活该。”我不确定他说的是人还是海狸鼠，也没有追问。就这样，我们在瓷砖和沉默之间喝着咖啡，气氛没有热烈起来。不过，我感觉他们并不急于让我们开始下一步，最后是我们主动站起身。到了前厅，我们坐在长木凳上，套上他们递过来的靴子——这几天下了不少雨——然后走了出去，开始巡查。

一推开建筑的门，眼睛还没来得及适应眼前的昏暗，我们就从脚步声、看不见的喧哗、混杂的呼吸和呻吟声中立刻感觉到人口的拥挤。这里又冷又潮——屋顶的天窗大开，勾勒出奶白色的长方形，让人望过去有点睁不开眼。尽管有通风措施，我还是卸下背包肩带，把包滑到胸前，伸手掏出口罩。主管面不改色地看着我："是啊，抱歉，味道不是太好闻。我们天天闻，也就习惯了。"我犹豫着要不要回答他，告诉他这样扮吃苦的过来人不见得机灵，我也是天天光顾养殖场的人，只不过养殖场跟养殖场之间差别还是挺大的，有些我一进去立马就得掏口罩，有些味道尚可忍受，这一点往往比其他大部分表象更能说明问题——但话到嘴边我又咽了下去，还是等该评判的时候再说吧！

阿金姆往左边，我往右边，我们往前走。有些人无声无息地站在单间的铁栏前，头发蓬乱的脑袋紧随我们移动的方向。昏暗的环境中，我们还能看见那些比较明亮的眼睛，但他们的眼神里空空如也。其他一些人往前走了两步，双手抓住铁栏，试图将其撼动，动作十分虚弱，嘴里呻吟着，随后又后退一步，再退一步，回到原来的位置上，就好像头脑里产生了一个念头，告诉他们这铁栏是打不开的。片刻之后，他们又以相同的节奏前进两步，无力地摇晃两下铁栏，好像忘了刚刚遭受的失败。都是一些无意识的动作，似乎跟我们的出现没有关系，我们从他们面前走过，他们头也不扭，动作也没停下，男性生殖器耷拉着露在铁栏外头。嘴边挂着白沫。还有一些人躺在单间深处对他们来说过于狭窄的毯子上，四肢从破旧的被子下胡乱伸出来。看样子，是些脂肪含量最高的人——他们的肌肉萎缩得太厉害，已经无法站立。

我们四个面对着这群人——面对这些白色的身体、棕色的身体，像紧绷的袋子随时会裂开，呆头呆脑，看不出年龄。有时候他们身上太脏了，连肤色都看不出来。我跟主管提出意见，他比任何人都痛心，十天前热水供应出了问题——锅炉坏了，修理工每每答应来修理，但最后都取消了——他觉得，这样的天气里，他也不能往他们身上浇冷水。从这点上看，我们来得真不是时候。检查从来不会来得是时候。我停了一秒。不仅仅是脏的问题，还有别的。“您能把灯打开吗？”阿金姆问。主管迟疑了一下，当然可以，“但你们不了解他们，开灯可能会让他们情绪激动。有时候，他们很可怕的。”我回答如果不开灯，我们不得不掏手电筒，后果必然更糟糕。“把灯打开。”阿金姆又说了一遍。年轻的那个慢腾腾地往门口走去，按下开关。

天花板上的灯管一开始闪，四下里便一阵骚动，他们全都躲到单间深处，离铁栏杆远远的，动作统一得像一个人，随后又齐刷刷钻进被窝，好像一秒也不容耽搁。我等了一会儿，等到一切似乎恢复平静，才谨慎地靠近铁栏杆，凝神仔细查看。水泥格子板刚用水冲过——能看得出来，水还没完全干——但上面已经有新的呕吐物和黄色的稀便，堵住了地漏，正艰难地向下淌，能看见下面有条排污沟。“我们这儿有不少得了病的，”我们还没开口，主管就忙不迭地辩白，“现在正是容易得病的季节。他们应该是没吃对东西，就两天前的事。但情况已经控制住了。从昨天起我就给他们吃米饭，水里加点黏土粉，调理一下肠胃。”

为了不惹恼说话人，阿金姆频频点头。我指着好几个人，接着问：“这个呢？”他们的大腿和胳膊上都有大片发紫发黑的血肿。这回开口的是年轻的那个，“夜里刮暴风雨，咱都知道，一有暴风雨他们就会烦躁、失控，能活活扑到铁栏上，把自己撞昏过去。”他举起扎着绷带的手：“这种时候，我们真是啥办法也没有。我们要是靠近，他们就会咬。”主管补充说：“我不是说他们情绪紧张，我的意思是说，这一切都是有原因的。这段时间情况不好。但在现有的条件下，我们已经非常努力地在解决问题，我向你们保证。而且我们也愿意解决问题，毕竟还是想卖个好价钱。”轮到我点了点头，然而，还是不行，有什么不对劲的地方。我没看阿金姆，用手指了一下一个空单间，动作细微到几乎难以察觉。这样的空房有很多，如果对照白纸黑字写着的养殖场的容量，空房数简直多到不正常。阿金姆捏了下拳头，半秒的工夫——那是我们的暗号——告诉我他也发现了，我们达成了共识。

我们接着往前走，警觉地等待其他迹象出现。过了一会儿，我们发现水泥地上有浅灰色的条痕，线条有点宽，发白，还有圆形的痕迹，一直延伸到最里头的门。我想到可能是他们试图去掉的血迹。“我们能从那里出去吗？”主管说不行，他们一般都绕一圈。我第一次看见一丝惊恐飞快地掠过他的脸。他开始心虚，看来糟糕的还在后头。我坚持要从那里走，这样做固然招人烦，但这是我的工作。“就从那里走吧，真的，这样最简单。”他下巴一扬，年轻的那个过来帮他打开门锁，一边不停地朝他使眼色。

外头，线索延续着：现在是足迹，是人反抗、站立、侧滑或者双足钉在地上拒绝迈开步子的痕迹。看样子后来有好几辆卡车经过，模糊了足迹。有些地方被车轮带来的硬泥块切断，但只要稍加耐心和留意，就不难看出线索延续的方向。行动的目的——不管这是个什么行动——应该就是另外一个棚，更小一些的棚，在我们右手边，往下六十多米的地方。主管告诉我们，有一条路从那里沿着田野边缘，一直通到粪肥沟。我往小棚一指，十分肯定地说：“我们从那边接着看。”“那里？”主管反对，“那只是个工具棚。”既然是工具棚，当然就没什么可看的，而且也锁着呢！他没想着带那里的钥匙。我说我们有的是时间，就在这里慢慢等他去拿钥匙。几分钟后，他回来了，脸上的表情比刚才更难看，一副生闷气的样子。阿金姆和我已然成为找茬者了。

工具棚里臭气直逼嗓门，相比之下，大棚里的气味充其量只是海边刺鼻的碘味。阿金姆没等他们同意就打开了灯。我们起先只看到一些笨重的拖拉机、割草机和其他农用机器，旁边挨着的是圆桶、轮圈、乱七八糟摞起来的摇摇欲坠的备用轮胎，部分被蓝色的篷布遮盖。我钻进这堆杂物中间的临时狭道，往前走了几步，迎面撞上的情景让我的身心着实吓了一跳。这是怎么回事？两名员工扛着唧筒式步枪，以哨兵的姿态守在那里。他们应该预料到我的出现，但看到我突然闯入也只是嘟囔了一声，充满敌意又略显尴尬。“阿金姆，阿金姆。”我等着他上前来。这两个家伙拿出二夫当关万夫莫开的架势，我呢，也不知道是怎么回事。也许是肾上腺素突然过量分泌，或是因为被当作傻子心里窝火，也顾不上害怕了，竟然成功地示意他们让开。我两手一拨，动作的幅度很大，表示不容反驳，除非他们想冲突升级把事情搞砸。

后面是一个用粗木条围起来的场地，在养马很容易的时代可能是个马厩。现在他们把太虚弱、身体严重受损，总之不宜在接受检查时出现的人都带到或扔到这里来。各种气味混杂，尿味、血味、化脓的伤口和正在腐烂的肉的味道。围场右边叠着一堆人的身体，一动不动；但在左边，硬土地上，大概有三十多个人，躺着、蹲着、紧紧挤在一起。他们抬眼看着我，叫着，哭着，呻吟着，令人心碎。

主管还想说点什么，为此情景辩白。这是个隔离区，他们把病得最重的放到这儿来，避免感染其他人。没别的办法，毕竟有暴发传染病的危险。他越说越大声，像滚滚暴雷一样咆哮："你们想报就报吧，反正我没钱，没有更好的办法。你们请便吧，罚我的钱，你们不就是想罚钱吗？反正我没有。你们这是在放我的血，明白吗？你们在放我的血！"

我朝他转过身，然后对他，对这个地方、这个牢房、这堆尸坑的两名看守说让开，马上从这里出去。他们嘟嘟囔囔着往后退，不知道到底要说什么，只是嘀咕说这样不公平，他们不同意。

他们前脚刚出棚屋，一个人影就跃过木栅栏，从我左边超了过去——一个女人，被关在围场中的一个——冲过双开的弹簧门。我本能地追上去，看见她低着头从主管和看守中间猛扎过去，飞快地跑上通往田野的路。养殖场的那四位没有动弹。一次放肆的逃脱，他们压根没反应过来，主管尖叫起来："你们看看他们的德行。如果不看守着他们会有什么后果。你们都看到了！"逃亡者跌跌撞撞，好像受自身重量所累，不知道怎么跑，但又怀着疯狂的希望，跑得毅然决然。“臭娘们！”一名看守喊道，“有她好看的，这一个。”他把枪抵在肩上瞄准。枪就是干这个用的。省得来回跑。他开了一枪，马上重新上膛。河边升腾起一片白雾，往田野的方向飘去，开始影响我们的视线。“把你该死的枪放下。”我咬牙切齿，无情地摁住枪筒。那家伙惊呆了，对我上下打量，脸上既写着不解又有同情，好像在说哥儿们你真是在梦游呢，咱俩简直活在不同的世界！我想我看见女人在那头倒下了，但没法断定：百米开外的人影无异于幽灵。她也有可能滑倒了爬起来又接着跑，或者为了躲避子弹故意趴下或拐弯。

我对他们说别动，我去找她。他们强烈反对。雾气这么浓，加上连日的雨，我很可能不是迷路就是身陷泥浆，甚至有可能滚进粪肥沟里。他们坚持把丑话说在前头：事情没那么简单。犯得着吗？要是她死了，他们完全可以回头再去找尸体，要是她成功逃脱，他们也不会在浓得像一锅粥的大雾里弄一场追捕行动消遣自己，更何况那还是个病人，无甚价值，怕是也活不了多久。我迸出一声干涩的嘲笑，我才不信他们的劝告出于真心。我的同事会和他们一起，继续巡视，查明灾情范围，弄清他们做事是多么敷衍。我去那边察看，不管他们乐不乐意。手上缠着绷带的年轻人想把其中一把枪给我，以防万一，弄不好她会袭击我。我把他从头到脚打量了一遍：“我不需要，也没想打谁。”“您请便，”主管叹了口气，“既然您这么坚持要去闻屎臭。”

我一头扎进浓雾。不想再看到那几个人，让他们从我的视线里消失，至少消失一会儿。行走，行走。我沿路前行，尽管每走一步，泥泞的黏土都在吸我的靴子底，发出恶心的吧唧声，我还是尽量快走。我跟着泥里的脚印，但现在我的脑子里有了其他想法。虽然戴着口罩，我还是很快明白了主管的话。施肥之前，他们把所饲养的人每天排泄的尿液和粪便都存在沟里沤着，粪肥沟周边空气里，有毒挥发物和氨处于超饱和状态。还没看到这条粪肥沟的轮廓，就已经闻到味道。我不得不靠气味判断位置，避免走得太近。脚步越来越慢，眼睛越来越眯，终于看见了一个巨大的圆形水泥槽，目测绕一圈得用上十五到二十分钟。肥料发黄，咕嘟咕嘟冒着泡。由于之前的大雨，池子里的肥料溢出，磷酸盐渗入周边土壤，侵入潜水层。只用了一秒钟的时间，我就想到这点也要写入报告。

然后我就没再往下想了。我看见地上的人影，就在离我几米远的地方。她仰面躺着，喘着气，身体没有动弹。子弹看起来只是擦破了她的右臂，她身上其他地方沾满了土，但没见血迹。脂肪令她的脸、肚子、大腿走了样，浑身看不出有一块骨头，也让她此刻摔倒了再站不起来。她棕色的皮肤上的块块创痕，像是某种病在啃食她的身体。

我朝躺在地上的她弯下腰，想看清楚，结果是我突然暴露在她的目光中。她瞪大的眼睛里闪过一丝颤抖的光芒，令人心碎到不忍直视。我看到恐慌在其中荡开，无声无息，却依然能被感知，同时升起一种力量。我明白了，她料到我会过来把她结果。我是在她上方徘徊的死神，是最后的判决，是终点。她肯定是这么认为的，或者感到会是这样。我的身影挡住了天空，然后一切不复存在。如果故事本来会这样继续，如果是我举起大棍朝她抡去，用敲碎她的脑袋来解决问题，我现在决意不按套路讲故事，不随波逐流。

她没有张嘴，但眼睛却对我说了很多，盯着我不放，透着机敏，在向我提问，要求回答。它们不断地说："如果你也存在，那就回答。如果你也存在，就回答。"今天回想起来，那个时候，她对整个世界一无所知。我们周围的一切那么丑陋，腐臭、烂泥、粪肥挥发，真的没有任何令人向往的地方。然而我在她眼中读到的，光天化日之下一目了然的，是实实在在的求生欲。面对行将到来的死亡，她完全没有反抗的手段。一名年轻女子，大概十五岁的样子，过完她的一生，要么死在棍棒之下，要么被疾病夺取生命，要么在屠宰场被割喉宰杀。我看着浑身赤裸、手无寸铁的她，忽然感到耻辱，自己竟是她的地狱的督察之一，每天检查给她制造痛苦、夺取她性命的精确机械是否运作正常。她是否也感到耻辱，为如此这般被强加的生活？反正，看着她，我们便会分享她的恐慌。我感到害怕，和她一样。我想活下去，但想过另一种生活，和她一样。我也躺到了泥地里，当然也和她一样，呼吸短促，身体虚弱，被前来的死亡附体。

雾气将我们包裹。雾更浓了，浓到我已经看不见养殖场的建筑物。我把自己人生的转折归功于这层浓雾。我蹲到地上，试图把她抱起。她浑身发抖，伸腿蹬我。怎样才能让她明白，我不想伤害她，哪怕我是第一个这么做的？我给她看我的双手，手里什么也没有。“等等。有办法的。”我从包里取出水壶，先沾湿她的嘴唇，再给她喝水，小口小口地喂，然后再清洗她的伤口。一分钟后，等我再次试图把她扶起来——必须走，听我的，必须走了——她没有再挣扎。

我抱着她回到路上，不停地走，朝远离农场的方向而去，直到一条通往河边的小道。修长的杨树只剩几片黄树叶，在我们头上窸窣作响，光秃秃的黑树枝凌乱地刺破浓雾。运气不错，两百米远的地方有个水闸，看闸处是一个没有窗户的方形水泥屋，大约已经废弃，长满了爬山虎和青苔。我用脚尖拨开堵住门口的枯叶堆，合页响得厉害，最终还是在我们的重量下让了步。我把她平放在木条凳上，留下水壶和几条葡萄干和核桃仁分布十分不均的谷物能量棒。我外出工作时总是随身带着几条对付饥肠辘辘的时刻。“我会回来的，别担心。你安安静静在这待着，千万要等我。好吗？”她没有任何反应，但我重复了好几遍，手势、话语，我掌握的语言都派上了用场，希望她至少能听懂大致意思。等，不要逃跑，因为没有我的帮助，她不会有任何机会。

出了小屋，我用门上的铁条把门反锁，心中有个声音在低声抗议，说我又把她关起来了。我重新攀上小道，一路小跑回到农场区。在这期间，阿金姆已经通知卫生部门来善后，也拍了照片，记录下了相对规定显得自由过了头的做法。在他周围，场方的那四个似乎已经放弃对抗，恢复了平静，像几个不明白自己何罪之有的刽子手。他看到我回来松了一口气。我说没找到尸体，但检查了粪肥沟，也不符合要求。为了掩饰内心的慌乱，我就这话题说下去，一边想象着她站在金属门前用拳头不停砸门，不明白我为何将她抛弃，犹豫着要不要呼救。

我们沿原路往火车站开去。一路上，阿金姆沉思着，摸索着，高声罗列各种假设，设想我们提出的起诉能有什么结果。以我们的前车之鉴，他担心——这的确也是后来发生的事，养殖场会付一笔罚金了事，这笔钱最多也就是十来天的营业额。我什么也没说。在我的身体里，这一天像已经过了一千年，而且还远没有结束。

阿金姆去还车，我假装接了个电话。有个朋友住在城里，差不多有一个世纪没见面了，我之前告诉他我要来办事，他邀我到他家留宿。既然第二天没什么工作上的事，我刚刚答应他了。临上火车前，在火车站大厅里，阿金姆问我是否一切都没问题，我是不是还好。我说很好。他问我确定吗，我坦言干这行很累，像这样的一个夜晚，我真是觉得烦了，不过休息一下就会过去的。他离开了，带着一丝狐疑，但也许心里说到底不关他的事。

我走出火车站，又租了一辆车。夜幕已落下，覆盖万物，黑里透灰的夜色中，我绕着农场的外围，返回原地，花了不少时间。可以想象，黑暗中的小路极易迷失，加上对地形不熟，秋天又把一切搅乱吞没。河水平静的低语令人安心。岸边的蟾蜍被我的手电筒光束惊吓，纵身跃回水里，空气中有一股藻类的味道。

她还在水闸值班室里。我进去的时候把她吵醒了，她随即蜷成胎儿在母体中的模样，双手抱膝，脑袋只露出一点。结实的一团，对抗毒打的最佳姿态。我用手电照着自己的脸，好让她认出是我，然后在离她挺远的地方蹲下来，语气温和地对她说了十分钟，没有靠近。我告诉她我们接下来要做什么，等待我们的是什么考验，该如何应对，还说起了我居住的城市。这还不够，必须找到别的话题，让她继续沉浸在我的声音里。于是我开始对她讲知心话，我从来没对别人说过的知心话，甚至在说出来之前连我自己都没想到。我告诉她我在这颗地球上见过的最美的东西。我从嗓子眼里，用嘴唇，哼唱了最让我感动的几段旋律。一句接一句，她的颤抖越来越弱，我感到她的肌肉放松了一些。半小时后，当我递上我在火车站附近给她买的葡萄和梨的时候，她抓住了我的手。我没想到有一天我会因为有个人抓住我的手而如此感动。

我们上路了。既然夜色深沉，我就让她坐在我旁边的副驾驶座位上，看路两边景色飞驰。黎明时分，到了我所居住的城市。我在市郊停下车，往后备厢里铺上毯子，示意她必须躲到里面去，以免被别人看见。

萨斯琪雅在客厅里等我。我已经通知她我早上才能到家。她在窗边看书，不见得真的担心，但很惊讶，也很好奇，因为突然改变计划这种事不太像我的作风。

每每谈起这个话题，一起把理由重新罗列一遍，思前想后，再扯些跑题的话，我们得出的结论都是，我们不想要动物或宠人陪伴。我已经觉得自己太“宅”，十足一个被日常裹挟的受害者。我担心宠物的出现会给我们带来更多责任，把我们钉死在一个地方。但面对她（我们将把她叫作伊丽丝），她看到房子里的每样东西每样家具都惊愕不已，在走廊里我们走到哪儿她跟到哪儿，一旦拉住了我们的手就不肯放；她对亚尼斯的抚摸和起先小心翼翼的戏弄有所反应，开始从嗓子里迸发出笑声，问题一下子具体化了，变成一个全新的、截然不同的问题。

养殖棚的画面时不时会在我脑海中出现，它们知道在哪里能找到我。我对自己说：至少一个，至少一个。萨斯琪雅想的和我一样。在她看来，尽管这么做违纪犯法，但能让我们的关系更牢靠——这是我们之间秘密又明显的暗号，证明我们不同于身边的许多人，没有被年龄和日复一日不变的生活所伤，没有拱手交出反叛精神。而且，这样一来，亚尼斯也有了伴。我们一直都料到，人口过多的状况会持续下去，我们不太可能再要一个孩子。

起先我们没有立即做决定，她说我们试试吧！那一天，我想，能和这个女人生活在一起，是多么幸福和骄傲。我们把伊丽丝送到萨斯琪雅的诊所，没有检查出什么大病。只要治疗正确，她的皮肤病会在几周内消失，顶多偶尔发作。最棘手的是烙在她右肩上的登记号。不管是谁，只要看到这方烙印，不用追问，也能想到她是从养殖场来的，而且只要扫描一下，就能循着线索找到准确的地方。萨斯琪雅有着和裁缝一样灵巧的双手，要切除这块皮再把伤口缝合并非难事。皮肤有弹性，能自行愈合，但伤疤出现在这个地方，不管它多么不起眼，总容易让人生疑。最后，实在没办法，萨斯琪雅万般踌躇，决定将她麻醉，用激光烧掉右肩的整片表皮。这样，说是意外就显得可信，可以是被掉下来的电熨斗烫伤，或者不小心被泼到滚烫的油。她伤愈之后，我们便将她接回了家。令人惊讶的是，在不到一个月的时间里，我们成功地帮她戒掉了抗生素，让她适应了新的食物。原先满身下坠的脂肪在她身上留下了橘皮纹，大腿、臀部可见苍白的平行拱纹，但身体的其他部位都恢复了自然状态。

这段时间里，我一直在问自己，是不是疯了？疯狂的是我们，还是我们周围的世界？因为是它逼着我们这样做的。

大概过了六个月。我清楚地记得那一刻，我们在客厅，伊丽丝和亚尼斯坐在地上玩游戏，百叶窗帘在木地板上划下一道道光和影。游戏往往是亚尼斯自个儿发明的，画一张地图，构想每个人物、游戏规则以及各种例外情况。这样的战略游戏一开场总是某个模糊的古老年代，几个开拓者来到一片处女地，任务是开发资源，建起营地。游戏一玩就是好几天，全情投入，玩到停不下来，努力得到回报，技术日益进步，然后一步步走向现代化。活生生一部快闪的世界史。摊开的地图上，群山竖起令人眩晕的高峰，象群也无法跨越。亚尼斯在辽阔的海域画上细致的波浪线，表示海浪的运动。离三桅帆船不远处，有一片蒸汽，这片云烟是升上海面、报告消息的水下怪物发出来的，一开始人们还以为是岛屿。亚尼斯向伊丽丝解释着，好像她能明白似的。她只是点头，学着他说话。

“伊丽丝。看看我们要做什么。这里，我们要更多森林，种大树，用来盖房子。然后是这里，伊丽丝，看，这里是海洋。在海边，这儿，我们可以建一个坝。但要等一下，你看，因为，如果我们再等等的话，就可以放涡轮。涡轮更好，从长远看的话，选涡轮比堤坝更聪明。”

伊丽丝趴在地上，小腿翘着，双脚一会儿交叉一会儿分开，遵循着不可见的尺度来回拍打着空气。她汲饮着亚尼斯话语里的养分，亚尼斯一本正经地给她解释他认为应该加进游戏的各种元素，口气严肃。因为你小时候，亚尼斯，游戏对你来说，如果不全心投入，那就不是真的游戏。好像有那么一些时候，除了游戏，其他一切都不存在。伊丽丝看着你，模仿你，她在学习。她说“海洋”，她跟着你念“森林”“涡轮”“道路”，用手指出矿山、引水渠和锯木厂。我在心里说我做得对，这个险冒得对。现在我依然冒着险也是有道理的。她跟着念“消防员”“学校”“博物馆”“山丘”“运河”“餐厅”“公园”，一个词接一个，学着相似的语调，像一个固执的小小回声。她重复着“太阳”这个词。

8

铃声今天在我脑子里响了五回。不管我是否早有预料，当下得到的结果是好是坏，铃声每次都比上一次更令我忧心忡忡。同样的情景长久以来在无意识的偏僻角落里重复：有人召唤我，我必须作答。随着时间推移，召唤愈发迫切，回答也必须与之匹配。到了我已经跟不上的时候，熟悉的恐慌就又来与我做伴了。我颤抖得太厉害，内心太多犹疑，找不到好的答案，因为我连自己都无法对自己交代。多年来我一直想，这种恐慌总有一天会再找上门来。就在胜利和溃败跳了那支可怕的双人舞之后，我担心这一天就要到来，也许是明天，也许就是今天。

第一次铃响，是门口的对话机。早上挺早的时候，我正努力与精神错乱保持距离。令我精力分散的往往是最简单的动作，我迷失在各种念头里，最后什么也完成不了。我开始穿衣，但突然又停下来看新闻标题，还没看完，又开始给某人写短信；写着写着，信息还没发出去，甚至还没写完，我又停下来，在各个房间之间穿梭，不知道在找什么，也不明白自己为什么半裸着跑来窜去。精神错乱每天都出现，它窥伺着我，为能打败一个魔鬼而痛快，但如果它感到魔鬼有点不对劲，便会肆无忌惮地发起攻击。我知道，要对付它，首先必须放慢动作，加倍集中注意力。一个动作接一个动作，不是为了某个实用的目的，而要当作仪式的步骤来完成。既然是仪式，那就一步也不能省略，让每个动作都成为一个时间和意义的单位。每天一早开始，就要给予自己把每件事做到底的乐趣，尽管都是些微不足道的小事情。

我对这一天的早晨尤为重视，因为那是个做了记号的日子。如果我开始在细节上出错，那么接下来的考验——议会也好，医院也罢——就不会留给我任何机会。于是我一心按部就班完成这天早晨的步骤：在浴缸的凉水里睡了一夜之后，我先从水里出来，擦干，穿上头天晚上准备好的衣服。铃声响起时，我正把一只橙子切成片，手指上沾满橙汁，要去露台摘些薄荷叶子，洗干净剪碎之后可以装饰盘子。这些做起来得心应手的步骤让我安心，让我觉得自己可以做到就像她还在这里一样，生活还在继续。而实际上，她依然躺在医院的病床上，看不到我，肯定也不会想到我。

对话机那头传来看门人的声音，有人给我送来一件包裹，是只小手提箱。用安检机检查过了，机器没比平时响得更厉害。她给我送上来，还是我下去？我犹豫了。电炉上的咖啡壶已经嘶嘶作响，我的时间很紧。我让她把东西放到电梯里，我可以在楼上取。我怕运上来时弄丢，便跑到电梯口等着，一边寻思着到底是什么。一只灰色的手提箱，中等大小。我左看右看，拎起来掂量，找不到任何线索。手提箱的原则就是这样吧：只要没打开，你就不知道里面是什么。我把手提箱放到茶几上，几乎是高声说服自己，别落入陷阱。不管怎样，先把这个该死的早餐准备完再说。

这天早上，从睁眼的那一刻起，我就对自己说，今天是17日。我早有思想准备，这个日子已经刻在了我的脑子里。具有讽刺意义的是，当我先前反复念叨就是17日的时候，我并不知道这天会有双重意义。既有早早计划好的今天——法案送检，议会召开全体会议，也有昨天很晚的时候才定下来的今天，医生要尝试给伊丽丝做移植手术。

血和肉搅乱了我的梦，流淌到法案文本上，把字迹弄得模糊不清。尽管泡在浴缸里的时候，我努力把注意力集中到我的蓝彩釉瓷砖上，盯着船只的索缆逐云破浪，试图让大脑和它们一道抛下缆绳，但我做不到。我听见外科大夫严肃又谨慎的声音，她告诉我，伊丽丝的情况稳定下来了，移植手术值得一试。我回到家中，她的声音再次响起，电话那头听起来更加胜券在握：有移植源了，越快手术越好。换句话说，伊丽丝再次躺上手术台的同时，我将被困在会场上，不知道会议要多长时间，也没有任何从中脱身的办法。我高兴不起来，真是要了命了，两件事同时进行——但谁在做决定，谁有选择，谁主宰这一切?

昨天，外科大夫转身关门出去的时候，伊丽丝在病房里转过头，脸上带着痛苦的微笑："我会更依赖你。我原先可不是这么想的。"我不知道该怎么接话，她又说："哎，抱歉，但我越来越讨厌依赖别人。"受了伤，还恶毒，我的姐儿们，自己想办法吧！我脑子里这样想了一秒。幸好，我是那种想什么不会立马说出来的人，不是那种多话但言不由衷的人。"我原先可不是这么想的。"我猜也是。只不过，当我问她是怎么想的时候，她又望向别处，避而不答，而且不加掩饰。这天夜里，我的梦以它最明晰的姿态向我昭示：我正在帮她脱离困境，而她正在离开我。如果手术成功，如果她能恢复，出于慈悲，她会稍许等待，然后宣布不想再生活在我的屋檐下。梦也许会成真，也许不会。我无法得知，她不把话说完，再说，话语也许终究只是一些话语。更何况，对我来说也不会改变什么：哪怕她随后会抛弃我，我也得先救她出泥潭。

我不想继续恼火的对话，于是转换话题，跟她说起了法案。好几个星期前我就猜到了，从立法议会日程就能看出，大部分议员有多不重视这个法案。审议夹在城市化新规章和能源领域马拉松改革的辩论中间，而且不得超过一天。道德委员会通过的条例虽然只有十来条，但我担心时间不够深挖问题的核心，最终每个人还是凭着固有的偏见做决定。

伊丽丝知道这个法案是我数月的工作，我肯定得上第一线抛头露面。和其他一些人相反，我不喜欢抛头露面，我并非出于假意的谦虚才这么说。正常情况下，她应该会鼓励我，听我倾诉，让我说说一如既往的焦虑这次会以什么模样出现。但我想她大概因为心里害怕手术，嘴上又不愿意承认，于是选择了动不动发火，把心里的不安转换成咄咄逼人的态度。“你们要讨论我们的命运，我们却不在场。习惯了。你们将在同类之间讨论，你们是唯一能当代表的物种，会堂里唯一的动物。没有任何不和谐的声音能阻止你们打呼噜！”

我们一向如此。当我们在双层防护的议会大厦谈论森林的时候，我们找来大量数字和理论性的大树，但真正的树并未到场，没有在我们面前瑟瑟发抖；当我们制定治外区域航行或深海捕捞的规则时，我们并没有让深海的活物来到我们身边。如果奇迹出现，它们突然到来，我们八成也懒得看它们一眼，借口说它们的眼神空洞无物，或者说它们没有脸，无法和我们面对面。然而我们谈论的就是它们，定夺的是它们的存在。

是的，同意。事情就是这样。我们，阿金姆·多泽尔，其他人，还有我，试着为人类说话。但从某种意义上说，这种做法是扭曲的。我们无法以他们自居，无法比他们自己更好地代表他们。昨天，我回到家里，回到这座被污染浸没的城市里，心里就在想：如何考虑看不到的、不会说话的、或者我们原则上拒绝给他们话语权的生物的利益？

打开那只手提箱，我立时就明白了，我应该不是这天早上唯一收到类似包裹的人。这是动物利益，更确切地说，是人类利益保护运动准备的材料，里面有法律论据，小传单那样的篇幅，字字铿锵，直指要害。令人难以忍受的写实图片跃入眼帘：摆在货摊上的脑袋，或者保鲜膜覆盖着的肢体——噩梦般的景象。世界在经历了意料不到也无从解释的乾坤颠倒之后，我们落得了人类为其他动物准备的、也是我们为人类准备的下场。有个平板电脑，轻轻一扫便开始播放视频，一名养殖户诉说，他疲于像对待集中营的囚犯一样对待动物和人类；屠宰场的工人们一个个抱怨天天在脏腑中趟来踏去，说他们的待遇并没有比他们杀掉的那些畜生强多少，社会对动物、人类和我们这一物种的人的尊重似乎应该差不多，也就是说没多少尊重，说他们的关节因为快速的生产节奏而严重磨损，眼神很快就会陷入空洞，无法再看清任何东西，这看得出来。

这堆材料里还有一些七八十岁的男性和女性人类的肖像，图片说明上标明了他们的名字和年纪，看起来不像是虚构的。他们要么是活在我们掌权之前，要么使了不知道什么法子，逃脱了我们规定的六十岁大限。我们禁止出现在城市中的这些面孔，散发出一种难以言喻的美丽，他们沉入已逝的时光深处，带着烙印，神奇又坚韧。从构思到表现手法，这些材料还算巧妙，想唤起的是某种同情心之外的东西。不过，我拆包查看的时候还是皱起了眉头，因为寄得太晚了，这种做法就显得有些笨拙，表明作者对我们的议员的想法认识不够，很是危险，他们最不喜欢的就是被人强迫。正要合上手提箱的时候，我不经意瞥见了一幅钢笔画肖像。一张老妇人的脸，一头白发如光环照亮额头和太阳穴，松散笔触下的皱纹是无数微笑的印迹，从中能读出面对考验时抵抗和屈从的巧妙平衡。再仔细一看，轮到我笑了。我认出了伊丽丝的笔迹，是她的风格，错不了。我不知道这些包裹是不是莱奥·奥斯提亚斯那伙人寄的，但这幅肖像画的确是出自她手。我有了这样一种感觉，觉得不管怎样，在这一天即将开始的时候，她还是给了我一个暗示，某种鼓舞，一个实实在在的记号，证明我们都在尽自己最大努力帮助对方。她和我不知道还能坚持多久，但至少在进行共同的斗争。

像一口锅，偏见在里面翻滚沸腾，无奈难以净化；像一个竞技场，如果有沙子，很快会染成血色；像一只熔炉，炼出一百次铅之后才得见一小片黄金。我们的记者——蹩脚的诗人们，从来不缺用来形容议会大厦的比喻。那是一栋圆环形建筑，厚实的墙体隔绝一切，里面有能容纳三百名全国各地选举出来的人民代表的半圆形大厅，赶上公开会议，楼厅上还有一百人。主席的席位在高处；为法案辩护时，议员们可以上讲坛；非民意代表或不在任期的代表，行政机关人员、专家，或者像我这样仅仅是个报告人的，就只能站在大厅发言，朝议员的席位扬起下巴，面对从上头砸下来的沉沉注视。

关于改善人类临终待遇的法案包括两部分。一、将宠人和工人的规定死亡年龄从原来的六十岁推迟至七十岁；二、肉人方面，改善屠宰规范。讨论将在这个围起来的圈子里面展开，议员们带着助理准备好的几百份简洁明了的材料，保证自己的弹药永远都有补给；但是，就在这里，科学的论据很快会让位给人身攻击或荒谬的修正案，说是修正，其实只是为了阻碍进程而毫无章法地瞎改乱改；就在这里，看似理智的成年人很快会像孩子一样吵闹，集体尖叫着，猛扑被他们选出来的牺牲品，扯着嗓子喊，明目张胆地表示自己的厌烦；这里会消耗发言人的精力，令他失态，导致他出现口误，然后在网上被一遍遍重复播放，所有诸如此类的行径都被视作合情合理；在这里，尽管有各种各样的下作和幼稚行为，尽管劳心劳神，尽管国家的法律在一个个不尽如人意的妥协中变化，我还是希望会有所完善。

轮到我发言之前，我把阿金姆拉到一边，告知他伊丽丝的情况。我们商量好，万一晚些时候我实在觉得非溜走不可，就由他来替我发言。我们也说好了，不到万不得已不这么做，以免给自己招来难缠的问题。

那一时刻在靠近、靠近。我以为自己精神十分集中，却没有看见它的到来，突然之间就听见有声音在喊报告人马洛·克莱斯发言。铃声第二次在我脑中响起。如果你在，就回答“到”；如果你想表现得不失水准，那就走上前去，就是现在。麦克风在我嘴边，好像一头更加临危不惧的动物，盯着我，等着什么。第一句话在我的舌尖已经驻足了一个永恒，我把它说了出来，然后看了稿子一眼，在心里默读了第二句话。我扬起头，环视全场，把第二句话说了出来。就这样，我开始了我的发言。

我从人类的寿命说起。如果让人类自然死亡，很多人可以活过九十岁。规定在六十岁给他们实施安乐死，等于选择剥夺他们超过三分之一的生命。大厅里的每一位都知道，人类恳求我们终止这种不公平的做法已经很多年。在道德委员会内部，我们一直在问，到底什么可以驱使我们修改法律。经过认真的调研之后，得出的结论是，我们的社会将不仅以此改革为荣，而且还能从中得到许多好处。

“在六十岁的时候被我们实施安乐死的男人和女人，当然有过工作时间，但他们一直处在第一线，没有时间去传授知识或技能。他们如果退居二线，兴许能解决许多他们死后继续摆在我们面前，或他们的后代会遇到，而我们却一无所知的问题。”

我接着说，历数各个时期，组织最有序的社会都承认，尽管年长者能付出的劳动在减少，但他们作为长辈的用处却能补偿这一点。我们切断代际的延续，实际上是加重人类固有的目光短浅的毛病，造出一些对自己身处其中的历史没有任何概念的人类，因为他们身边不再有长者诠释历史、描述过去。更何况，不是给他们三十年或二十年，仅仅多给十年，一个对他们有利的政策，就能为他们重塑希望。“有些人活在被奴役的痛苦之中——别视而不见，他们大部分人都有如此感受，经过这次改革，他们至少不会再被判终身监禁。”向他们承诺，在努力一辈子之后可以得到休憩，这样也大大有利于缓和他们之间或他们和我们之间的紧张关系。而如果这种关系再复杂化下去，社会的平衡最后总会被打破。

当然，计划是宏大的，委员会就如何才能从经济的角度找到可行的办法考虑了很久。我们提议，让人类多工作五年以培养后辈年轻人，然后给他们五年自由。换句话说，这最后五年是他们自主支配的时间，经济上，他们在整个劳动生涯中缴纳的费用可作他们生活的来源，如此一来，也不会对他们的雇主或纳税人造成额外负担。

至于法案第二部分关注的屠宰场，当然，那又是另外一个问题，但更迫在眉睫。必须意识到，屠宰场是我们社会的耻辱，是残忍的黑心。我们的子孙后代会指着屠宰场，说我们讲了那么多大话漂亮话，骨子里还是野蛮粗鲁之徒。

因此，这件事不仅关乎人类，也关乎我们自己的利益。在我们中间，屠宰场的工人是最被瞧不起的。他们的工资低得可怜，就连自己每天成吨成吨往外运送的肉也只能偶尔吃上一口。机器的噪音和尸体的气味深深渗入了他们的身体，每天晚上，若非灌下一定量的酒精或吞下一些我们只有在彻底崩溃时才会服用的药物，他们脑子里根本没法想别的。回到家里，他们浑身血腥味，洗澡也去除不了，他们的另一半这么说。家里的动物不愿靠近他们，或者，有时候又恰恰相反，会使劲舔他们的手脚，舔到叫人难堪的地步。流水线的节奏，快到工人来不及确认即将被屠宰的人类是否已完全晕厥不会有痛感，并酿成无数工伤事故。在快速操作挂钩、电锯、刀子的同时，还往往要面对濒死、绝望、失声嚎叫的活物。太容易失控了。

只有一个办法：放慢速度。仅这一项，就可以同时减轻我们的同胞、人类和动物的痛苦。法案提请三项条款：录影，在所有屠宰场对击晕和处死人类的过程进行拍摄，随时检查相关步骤是否按规定执行；减速，将节奏放慢五分之一；为养殖场工作人员加薪五分之一。有人会反对，这样一来，肉不是变得更贵了吗？当然，但也不至于高得多离谱。退一步讲，少吃几次不就得了。这对我们的身体好，对人类和动物更好，我们毕竟不能一直无视他们的利益。至少，当我们今后享用他们的肉的时候，嘴里不会泛出羞愧的后味。一旦得知行业里的惯常做法，基本上很难再完全心安理得。

最后，我强调指出我们设想的这一改革的前景：

“总的说来，我们对自己提出的问题可以概括为简单几句话：我们是不是应该努力减少这个地球上的痛苦？从我成为道德委员会的一员起，委员会里的所有对话和讨论都促使我认为，这应该是我们共同追寻的目标。这也是我的同事们和我提出来的信念，我们并非幼稚天真。我们开始明白这世界上不会有永恒的和平，历史也不会有终点。在接下来的世纪里，气候和资源的稀缺会使我们的生活条件越发艰难。不幸的是，外界的苦难已经够多，滚滚而来，扑向我们，如果我们顺其自然，这些苦难会引发暴力，迫使我们和其他物种之间的关系变得紧张粗暴。我认为，我们应该意识到这一点，先发制人。当我们的后代回头看的时候，他们至少会看到，这个议会面对摆在面前的问题，把长期的、共同的利益置于我们的自私、习惯和惰性之前，面对这项历史性的任务，没有退缩，而是负起了该负的责任。”

我不晓得这场演说产生了什么效果。按我在略带恍惚的紧张状态下的判断——阿金姆早就提醒过我，在如此众目睽睽之下发表演说，会让人陷入出神的状态中——掌声是够热烈的，至少能盖过零星的喝倒彩声。但接下来，如何在惯常的掌声中区分哪部分是真诚拥护，哪部分是真诚拥护但却不愿采取任何实际行动支持？不管怎样，我坐回自己的席位，心想刚才我还算咄咄逼人，今后回想起来也没什么可以指摘的。

发言一通紧接一通。我因刚才演说而起的激动心情也平静下来，得以重新观察四周。能看清的不再是一片肃静或敌意的骚动，而是每个人的脸，我可以一个个看过去。我不停地看电话，确认没有收到来自医院的信息，看得越来越频繁，频繁到接近抓狂的地步。没有，一分钟之后，十分惊人，依然没有。

在反对改革的发言里，呼声最高、最具威胁的，是玛塔·瓦凯，正如我们在见识过她的媒体造势之后所担心的那样。她一个就比其他十个合起来还危险，因为她懂得如何尖刻打击却不进行歪曲。她的言辞激烈，气势汹汹，足以压倒一切，在听者的浑然不觉之中达到了排山倒海的效果。她从合理的论点出发，得出逻辑性极强的结论，让人不得不承认她的用词固然激烈却不失准确。我们会惊讶地发现自己被带走了，和她一起被带到某些立场上。刚才还抱着怀疑态度的，转眼就认为她的观点牢靠、有理有据。我们愿意认真听她的演说，而不像对别人那样，左耳进右耳出，还有另外一个原因，那就是她从无成见；她的分析逻辑严密，具有很强的说服力，但不落入老生常谈，也不会沦为意识形态的无聊表达。

她动作敏捷刚劲，走下半圆形会场的台阶，走上讲坛，好像一秒钟也不愿浪费，更不知犹豫为何物。黑色裤腿在她的浅口高跟鞋上方迅速摆动马上又恢复原状。“首先，”她用恭谦又平静的语气开场，“我要向道德委员会的工作致敬。委员会的成员怀着激情起草了这部法律，我想在座的各位都能感觉到。他们的出发点是宽厚慷慨的，这点我不仅不怀疑，还要向他们表示敬意，因为这是我们的价值观之一。我得说，我完全理解他们的基本思想。我们讨论的是活生生的生命。法案的拥护者告诉我们，他们想活得很久。在我看来，这似乎也没什么奇怪的。只要生存的乐趣胜过痛苦，人们就想延长生命，得到更多乐趣。除了抑郁症患者或得了不治之症的，谁会说‘现在，夺走我的生命吧’？所以，问题不在于这一要求是否合理，而在于向其让步是否理智。”

她喝了点水，然后用蓝色的大眼睛扫视我们。有人说她的眼睛很美，但我看到的是冷漠。“我想，在这一个围墙里，我们什么都可以讨论，但不能偏离事实。如果我们连方向都无法统一，那我们很快就不会有任何共识。我想请各位和我一起，不带感情色彩，来看看六十岁的人类是什么样子的。他们光能走、能思考、能旅行，这是不够的。到了这个年龄，他们已经不太适合食用，干起体力活越来越差。我们也知道，就连做精细的活儿，他们的生产率也下降了。正是出于这一考虑，我们才把他们的生命定在六十岁。这一年纪的男性很难再繁殖，女性也是。我不怀疑你们能给我举出几个特殊例子，你们自己认识的也好，或者积极分子邮寄给你们的也好，但总的来说他们中大部分人很容易累，爱抱怨，爱唠叨。与其展望未来，他们更愿意任记忆扭曲他们的青年时代，把大段大段的回忆丢进遗忘之中，只留下几根线条，用大头针别起来，串出一个黄金时代。出于什么错位的怜悯，我们要忍受这一出出凋零的表演？我无法理解。再者，如果涉及的只是几千万人，我们的确可以，如道德委员会提议的那样，把他们从劳动中解放出来，任由他们四处流浪，死得体面。但每一年达到这一年龄的人数以亿计，那我就不禁要问：让老年人将技艺传授给年轻人，还是让他们死掉、空出岗位和住所，使年轻人能过上体面的生活。前者比后者更重要吗？”

我用目光寻找着阿金姆。这种看法太不要脸了。几年前，政府提出建造住宅，让劳动者脱离他们的破烂住所，玛塔·瓦凯的政党就竭尽全力反对，最后让这一计划胎死腹中。现在呢，她又指望在座的都失忆，恬不知耻地说住房，说得好像她很在乎似的。“而且，如果我们真的任由他们变得更老……那以前的疾病又会回来，他们的日常生活将重返我们到来之前的状态，癌症缠身，心脏的各种问题在他们生命的最后几年频频出现，成为他们最大的问题。依我看，这是你们提出的改革的最大漏洞之一。活得更久，他们会更遭罪，就是这么简单。在座的和我一样，都知道我们没有条件设立健康体系，医治他们的病痛。从这个角度来看，你们刚才可能还觉得，几位改革捍卫者把减少痛苦这个论据用得恰到好处，实际上它就不是理由，或者说——抱歉，我更正一下，如果擦亮眼睛，我们会发现它恰恰支持我们拒绝法案，主张我们大胆地把法案文本打回理想主义的圣所，因为它本来就不应该出现。”

在她眼里，这都不是最主要的。按她的话说，我们今天的责任，是努力保持客观。大家都知道，这个星球的宜居不是百分之百有保证的事。如果我们正眼看待人口统计数字，我们显然已经越过了红线。而且，我们都以极大的勇气自我限制。我们（以她为首）都在繁衍后代方面极为克制。出于什么神秘的理由，突然决定要把这些努力一笔勾销，在给人类的空白证明书上签上我们的名字，让他们再多消耗、污染漫长的十年？为什么唯有人类就该义务比权利少、过得毫无节制？这颗星球上什么都匮乏，世界就是如此构造的，死亡每天都在行动，带走它该带走的，让活着的继续活着，让生命得以延续。

“然而，我认为，”玛塔·瓦凯双手摊开，按在讲台上，用更加庄严响亮的声音说，“到目前为止，我们一致同意，在生死攸关的问题上，当我们的利益和他们的利益发生冲突，我们要以我们自己的利益为重。事情为什么是这个样子，这么理所当然呢？是因为我们比他们高级啊！我们中间有一些人忘了，到了对他们产生离奇的同情心的地步。听好了，我不是反对设身处地为他人着想，只是一直认为，同感同情心应该有，但不能超过理智的范围。”

这时她昂起头，后脑勺的金色发髻往后扬去。她每个句子都结尾得干净利落，像是核准某件事情获得了全体赞同，该处理下一件了。

我们同胞中有一部分善良过了头，失了控，在她看来，阶级地位必须重新确立，我们比人类高级多了。讽刺的是，人类统治那会儿也是这么以为的，不过他们付出的代价是盲目，现在回过头看难免有些悲怆的意味。他们说，令他们有别于其他生物的，是他们超凡的智慧，对语言的精妙运用，还有他们的创造力。无法控制自己的人口，挖煤烧煤导致空气污染到不能呼吸，他们管这叫超凡智慧的表现。迫使几十亿同胞过着奴隶般的生活，把财富集中到一小部分人手里，毋庸置疑，这标志着无与伦比的创造力。难道最大的智慧不是给自己创造适合长期生存的条件？拥有长久自保的能力不才是理智的表现？可是他们几乎从来没这么想过。他们瞧不起许多在他们之前就在地球上存在的物种，视它们为自然的畸变、造物的败笔。如果早由我们来接管一切，这些物种可能会比他们多活个几百万年。而且我们发现在有些地方他们繁殖迅猛，在有些地方却十分缓慢。

工作也好，人口也罢，全都无法妥善分配。她认为，这种荒唐的局面之所以能持续，很大程度上是由于他们都被困在个体利益的混乱冲突之中。一件事，如果对邻国的益处大于本国，他们无论如何不会接受。同理，要让他们为还没出生的人做出实质性的努力，他们也是万万不会同意的。如果把这些行为加起来，就能解释他们迅速垮台的缘由和我们接手统治的合理性。

玛塔·瓦凯摘下眼镜，放到讲台上。现在，她完全脱稿了，开始动之以情："亲爱的同事们，我要把话说到底。今天我们在这里讨论的，绝不应该是是否得让他们活得更久的问题，而是要决定我们是否必须在或近或远的将来把他们消灭的问题。消灭他们，以确保在不造成过多损失的前提下，提升我们的环保指数。最合理的办法，其实是一开始就这么做。这一点我们早就知道。我们没走这条路，也许是宽宏大量，也许是轻率，我们让他们活下来了。诚然，我们没有给他们最优越的条件，但至少给了他们某种安全。我不怀疑，我们的同胞之中，雇主、养殖户里，或是普通人当中有虐待他们的。我们有权利要求他们守规矩，但我再说一遍，这些行为与我们对他们的好心保护相比根本就不算什么。我打心眼儿里觉得，如果他们真的有半两他们引以为豪的智慧的话，如果他们还能算清楚账的话，他们就应该对我们心怀感激而不是愤恨。因为他们欠我们的恩情根本还不清。

“最后一点。一个很简单的问题，我忍不住要说一下。为什么我们要如此讲究方式方法来对待他们呢？你们都知道，人类在他们的时代，可从来没想过要把他们和其他动物之间的关系提高到道德高度。我们为什么不惜自己吃亏也要以名誉担保自己会道德地对待这种不道德的物种呢？因为我们比他们高级吗？但改革的倡导者们自己说了，我们比他们高级得有限，因此没有理由袖手旁观。所以，有两种可能：要么我们比他们高级太多，完全没有理由过度操心他们的需要和利益；要么我们没比他们高级多少，那向我们提出他们压根儿从来就没对自己提过的要求，显然是毫无理由而且是不恰当的，纯属意识问题。”

然后玛塔·瓦凯就不说话了。我松了一口气，空气坠落胸腔的那一刻，我才意识到身体刚才一直处于呼吸暂停状态。我巴不得发言环节赶紧结束，但同时也对自己的大脑有些怨恨：怎么就找不到论据来驳斥她呢？看着周围鼓掌的、站起身以更明显更有感染力的方式表示赞同的，我发现裂缝不在这个阵营或那个阵营之间，而是在每个阵营内部延伸。我咬了咬嘴唇，寻找那两位迄今为止还被我们划入犹豫不决之列的议员。如果少了这两人，我们可能有点悬。我在纸上潦草地写下他们的名字，匆忙传到我们一位议员的手里，稍后如果有席间休息的话，请他找到这两位，试着干预一下，看看在他们辖区管理的范围内，有没有什么可以暗中借力，令他们改变主意的。

接下来的两小时里，我们阵营的议员相继上阵，用尽全力把辩论拉回我们的中心，证明玛塔·瓦凯在普遍论中迷失了方向。但我却不敢肯定这样的策略是对的，我更倾向于认真对待她的每条反对意见，逐条击破，省得它们继续漂浮在那里，像一坨热空气，随时可能改变风吹的方向。

铃声第三次在我脑中响起，就在我已经不去想它的时候，米拉德·内维斯发来的消息，他是莱奥·奥斯提亚斯部署在医院周边的人之一，这几天他们倒是没发现什么可疑人等。他告诉我，伊丽丝已经进了苏醒室，我应该很快就可以有她的最新消息。我顿感心头有了更多力量：挺过这一天的胜算多了几分。

后来（外面，天应该已经黑了），轮到阿金姆·多泽尔发言，他要在表决之前代表道德委员会总结陈词。半圆形会场里四下骚动，与会者疲态渐露，不过我们还是有时间商量了一下对策，他直奔我俩都认为是问题的核心部分而去：

“听了刚才玛塔·瓦凯的发言，我有两种感觉。首先，和在座各位一样，我为她坚定的信念所震慑，但细思之下，我感觉她是一步步在把我们往矛盾的陷阱里推。我还清楚地记得，自己为什么对这种观点持极度怀疑的态度。他们张口闭口说的都是道理，但使用的方法却很奇怪。他们处处摆道理，好像举着一份担保书，而不是把道理作为一种衡量问题的方式，因为这些问题很复杂，需要巨大的耐心。如果我们无法超越人类比我们低级的现成视角，那我们就真的不能自诩比街上随便拦下的行人更有资格参加这里的公开辩论。我们认为人类很低级，那是因为我们是根据自己的价值观去判断的。我们从自身，从我们的总体利益感，从我们的前瞻能力出发去推理，才得出人类低级的结论。可这种推理方式合理吗？人类比鸟高级，这不用说——但也得承认，他们飞得不怎样！山，不像我们这么生龙活虎，没错。但有天我们不在了，他们还在。至于人类……嗯，我们知道他们的梦比我们美。面对死亡，他们会怨恨，会豁达，敢藐视，敢抵抗，他们对生命的眷恋在这些行为中显露无遗。相比之下，我们对生命的情感显得多么微弱和苍白。我们向来只用有利于我们的东西来做比较的标准，我认为，该停止搬弄人类低级论了。”

阿金姆说得很慢，很动情，语气沉稳，给听者足够时间思考，没有操控谁的思想的意思。想想年轻时，我们两个一起在乡间开着车，靠说知心话或开玩笑来驱赶脑子里困居斗室者的尖叫和尸体的冰冷。那时候我怎么也想不到他日后会达到这样的高度。“即使他们的确更低级，也不能因为某一物种在天资上不如其他物种，就可以不把他们的利益放在眼里。我坚信，我们并不想这样活着，不会任由社会中明显更聪明或更灵敏的那一部分来控制他者的生命，直至决定他们的生死。我希望，我们会竭尽全力，反对杀掉智障、因重病或高龄而丧失大部分能力的同胞的主张。然而，我们都知道，我们的这一部分同胞，生来弱智的，严重残疾的，或老年痴呆的，虽然他们的智力远比不上人类，但我们更多会认为他们同样值得活着。不是因为某个人处于劣势，虐待和奴役他就会突然变得正当起来。”

阿金姆喘了口气。半圆会场右边，议员们有敲桌子的，有嘟囔抱怨的，好像阿金姆歪曲了他们的思想，强行把他们从没有的想法往他们脑袋上套。玛塔·瓦凯呢，斜着身子坐着，一只胳膊架在椅背上，扫视着她的同僚，脸上不停露出嘲讽的微笑，一副当聋子也比听这些东西强的表情。阿金姆没有慌张，他声音洪亮，继续说着，还抬高了音量。有一件事是他一直惦记着的，今天，流传着一些说法，说捍卫人类和动物利益的人，他们的行为说明，他们不爱自己的同胞，所有生命之间的绝对平等不建立，他们就永不会满足。他阿金姆不希望让人误解。人类永远不可能和我们平起平坐，永远不会有和我们一样的权利和义务，但这丝毫不妨碍我们略微限制一下自己的欲望，为他们的生存创造更说得过去的条件，即便幸福已然不可能。维持他们的生命，减少他们的痛苦，远比那些对我们来说只是乐趣的东西重要。

道德委员会之所以采取这样的立场，部分是出于自豪。因为我们认为，证明我们的物种有能力关心他者，那将会是同胞们的骄傲。“愿意照料非我族之辈，与我族相异之人，最孱弱、最卑微的群体，这甚至应该是我们作为高级物种最有力的证明。我们是住在这颗星球上的生物的监护人，不管他们是水里游的还是地上跑的。这一角色让我们要么得尊敬，要么失信誉。人类没能对所有会呼吸的生物负起他们的责任，即便有相当一部分人直觉到那是他们的职责。轮到我们了，我们有条件去尝试。今天，在这个会场里，我们提出的问题，是要知道我们到底有没有足够的勇气、自豪和意愿去做，去做得比他们更好。”

主席宣布表决之前休息二十来分钟。议员们三三两两离开气氛紧张的半圆形会场，四散开去，一些去了小酒吧，还有一些靠在媒体上露脸刷存在感的，就往铺着黑白地砖的新闻厅去了，记者都在那里候着呢！

我有一个多小时没有伊丽丝的消息了。大型手术之后得在观察室停留多长时间？我不了解，但我受不了了。如果医院的人太忙没时间给我打电话，那我主动询问也不至于惹恼他们。我朝最小的内院子走去，找个安静的角落。阴森的月光下，喷泉在喷射水柱。我看着大株的蔷薇和石头雕像，有一种强烈的感觉，似乎一切都可能在顷刻之间完全颠覆。这幅景象在这里存在很久了，庄严而平静，我却不平静。电话打到医院，根本找不到人，可夜班组的应该已经到岗了。我心想，那位看起来人很好的外科医生回家之前肯定还去查看了她的病人。我试着打给米拉德·内维斯，无人接听，我便直接找莱奥·奥斯提亚斯，他也没接，但几秒钟过后，我收到陌生电话号码发来的一条匿名短信，应该是他的回复："别在那里，那里不安全。您想知道消息？我看看怎么办。"

这一刻，我脑子里第四次响起铃声——庭院里和走廊里的铃声也响了起来，催促我们回到半圆形会场，表决就要开始。议员们很快都回到了自己的座位上，他们的桌上有一个"同意"按钮和一个"反对"按钮，只需要按下那个他们想按的。有几个缺席听证，只来投票的议员，溜进会场时多少有点偷偷摸摸的意思。每个阵营的主席自己投过票之后又走出座位，替未到场的议员投票，后面跟着执达员核对委托书。大家重新坐下。没有人宣布结果，计票一结束，结果就会显示在议会主席席位上方的屏幕上。我告诉自己，呼吸。无论如何，呼吸。我张大鼻孔，空气还是进不来。然后，什么好话都没用了，三票之差，法案被驳回。我整个人坍塌了，向阿金姆投去悲痛的目光。他脸色煞白，双目放空，满眼是泪。就在我起身想趁着自己还有点力气，赶紧离开这个地方的时候，我又听到铃响，第五次。我一开始没有反应，我什么也不想听，不想知道，但什么东西又占了上风。铃声只冲我而来。这一次，它只为我响。我看了一下。我宁愿不看，但我忍不住。莱奥·奥斯提亚斯的信息。出了问题，伊丽丝进了抢救室，她对移植物产生了严重的排异反应。二次手术进行中。莱奥·奥斯提亚斯没有多说，不过他弄到了那位女外科大夫的私人电话，发给了我。

我悄悄走掉了，留下阿金姆陪我们的议员去面对记者，去对付黑白地板砖上活像昆虫的一片深色的麦克风。我心想，采访不到我这么一个明显不太具有说服力的蹩脚演说家对这事的反应，对他们来说也不是什么损失。我低着头，缩着肩膀出了后门，先后两回拐进岔道，直到感觉稍微躲开了会场一点。电话里，外科大夫的声音有些惊讶。很抱歉打扰她，但得不到任何消息让我很担心。她已经离开医院，但她会了解一下情况，一会儿给我回电话。几分钟之后，她证实了噩梦般的事实。伊丽丝像排斥一个陌生的身体一样排斥移植物——那只脚，那条小腿。尽管提前注射了免疫抑制剂，她还是出现了突发的急性排异反应。这种情况不太常见，医生补充道，但时有发生。很不幸，时有发生。对，只能说，落到她身上对我而言真的很遗憾。我问她接下来会怎么办。她的语速放缓，如果急诊大夫今天夜里无法挽回局面，那就没别的选择，只能按规程，明天早上进行安乐死。医生想让我宽心：在我见到她之前，他们不会进行这一步的。“如果我不同意呢？”我应该是抬高了音量，喊了起来，因为她的声音一下子变得冰冷和疏离。首先，准确地说，这就不是一个问题，因为这是法律的规定。我缓和了语气，又问她还会不会回医院，去看看是否还有机会挽回。这一问我才意识到我得罪她了：她直截了当地回答说，我越线了。医生各有岗位，各司其职，她对夜班同事绝对信任，不会插手他们的工作。再说一遍，他们会尽全力，我完全可以放心，但一旦失败，他们也会遵循自己的义务，按规定行事。然后，她又加了一句，语气中带着一丝不怀好意，我立时明白她也在关注着时事：“如果您不满意，克莱斯先生，您就去修改法律好了。”

我还在往前走，走在这片部委云集的街区，四下全是厚实的高墙，路上鲜见人影，碰到的只有安全警察和警车，我开始自责。在这场斗争中，我们还是缺乏警惕和谋略，不够有说服力。但阿金姆都说到那份上了，我也看不出来我们怎样才能更有谋略和说服力。悲伤正在把我的头脑清空，行走让我更清醒，我突然明白了，问题不在这里。还是老样子，是钱。我们维护的是弱者，这事不能为任何一方带来利益。对面，养殖大户应该给了很多人不少好处，谨慎地，低调地。为了自我羞辱，我在心里重复：

你输了。不管在哪方面，你都输了。然而，我身上还是有某种东西在负隅顽抗，它说我只是表面的失败，实际上，换种方式来看，其他人才是真的输了——我不知如何用言语描述这种方式，总之，它假定彻底换一种论调，用别的标准来衡量胜利和失败。我心想，我们可以带着胜者的笑容来挖掘失败的深坑。我对自己说，马洛，如果你不有所行动，她就会死去。可我不知道该怎么办。一切都已归零，只有一个夜晚和寥寥数个钟头容我去想别的办法。

9

画面纷至沓来。回到家中，我睡不着，想把脑中的想法集结排序，至少排出一个大概的作战计划，出现的却是各种画面，短暂的、破碎的、揪心的景象，人类叫记忆的东西，从最不起眼的角落冒出。我也不知道他们是来安慰我、倾听我的悲歌、给我再去相信的力量，还是像秃鹫一样，知道我快完蛋了，所以向我靠近。她画架上的铅笔、被风吹掉在钢琴旁边的乐谱、挂在她床边椅子上的空荡荡的衣服，所有的东西都在那里，全在那儿，带着有点指责的意味盯着我，包围我，像被定格的证人，等待再次被挪动，等待伊丽丝重拾她的动作，等待被她的手拿取、挪移、给予生命活力、唤醒灵魂的节拍。没有她，这一切都无从存在。我从一个房间走到另一个房间，尽管每走一步都被这些痕迹绊脚。它们阻止我思考，把我推入它们的悬浮时间里，但有一部分的我在心里说：马洛，不会让你失去一切的；不能把你的一切都夺走。这一部分的我说对了一部分。不管发生什么，那些年，那些时刻，我是和伊丽丝一起度过的。

她来到我们家时大概是十四五岁的年纪，正是人类独立成年的时候，他们无需陪伴就可外出，心里开始想在这个世界上该有什么样的行为举止。而她是一个脆弱的个体，刚刚突然从一个环境被挪到另一个环境，不知道什么时候该怀疑，什么时候可以放松戒备，她时刻需要保护，所以伊丽丝不是生来就是伊丽丝，也不是一天之内成长为伊丽丝。在很长一段时间里，萨斯琪雅和我都认为，耽误这么多年的时间她永远补不过来，也不可能越过旧生活的狰狞和曾经遭受的暴力在她的学习道路上设下的重重障碍。

宠人的受教育程度是由他们的主人来决定的。我们中很大一部分同类满足于培养温柔单纯的宠物，它们喜欢晒太阳，喜欢在雨中嬉戏，蜷作一团依偎在我们身边。这种单纯令他们安心，他们自己无法活在当下，但能在对只会活在当下的宠物的观察中获得某种平静。我时刻被时间的流动颠簸，被过去的浪潮拍打，窥伺着即将发生的事情的最初征兆，认为她也应该有资格体会这种美丽的不安。我想要的，是一个能分享这种感受，能试着预见、犯错、回忆、后悔的人，而不是多一个那种样子的小宠人，他们被当下裹挟到如此地步，甚至让我觉得，如果拿自己和他们作对比，我的智力给我带来的只有烦恼。

最理想是希望送伊丽丝去上学，但她的身份让事情变得棘手。从她自己的角度出发，如果被扔到一个陌生环境里而且失去我们的庇护，难免时刻担惊受怕，于是我们请了家庭教师，一些信得过的、谨慎的人，同时也给亚尼斯上课。在他们面前，我们声称伊丽丝早年疾病缠身，不久前我们才认为她的身体情况允许她接受教育。

学说话，对她来说那真是世界上最难的事了。她会学舌，重复句子，但不会造句。我们喜欢学她说她独创的词，但这些词没有任何意义。学习一页文字，然后用哪怕不太流畅的几行字归纳要点，她也得花上好几小时。闲暇时，我会敦促她学习，哪怕我强调了一百回，她还是会犯同样的错误，有时候真的会把我的耐心磨光。我问自己，花这么大力气在一个天资如此有限的人身上到底有什么用？我想做的想学的东西那么多，还愁找不到时间呢！我感到自己的慷慨把自己坑了，只不过证明了我的软弱。但如果这么说，那就是忽略了她的每个进步带给我的无与伦比的强烈幸福感。相比之下，如果她有过一个正常的童年，这种幸福感无疑要打折扣。我可以整日整日地因为奇迹和成功而激动不已。回头再想想当初把她救出来的情形，她能走到这一步已经很惊人了。最艰难的时候，她干脆抹掉脸上挂着的眼泪，把怒掷出去的铅笔又捡回来，回到桌前，顽强又坚决，一副要斗争到底的样子。当年她疾病缠身、惊恐万状的时候，有那么一股意志力鼓舞她冲破障碍，逃出堆满尸体的棚屋，冒着生命危险奔向她一无所知的另一种生活，寻找一小片自由的天空。这股意志力依然在支撑着她，引导着她的一举一动。

话说回来，等到她能够用语言表达一些微妙差异和细节，能好好讲述一件事情而不至于陷入困境或把自己弄得气急败坏的时候，我们并没有再施加压力，因为我们不想把自己的生活弄得鸡飞狗跳，而且，我们也发现，言语可能永远不会是她的强项，她掌握的是另外的语言。

从第一天开始她就画，用铅笔画，用木炭画，用水彩画，用水粉画，用色罐画。至于画的水平，她最初几个月模仿了亚尼斯，然后就把他远远甩在身后了。晚上，我们下班刚进家门，往往是亚尼斯跑过来拽我们的衣角，带我们去看伊丽丝又干了些什么——他说着，脸上还带着一丝困惑，因为他知道，正常情况下，父母不喜欢别人在墙上涂画，但他又隐隐觉出，禁令在这里失效了，更多的是惊讶，沉重又缓慢的惊讶，他知道，自己被某种比他更强大甚至比一切都更强大的东西超越了。

我们没有办法真的用言语来形容伊丽丝的画。大片的黑，发着光，占据大部分画面。苍白的颜色冲破了黑暗，似乎要夺路而逃，紫色的印记把视线带回地面，也增添了恐怖的意味。隐约能辨认出身体，那是他们抬起了头，伸展了手臂和腿，但我们会说这些身体在冒险。一旦被看到，他们就会停留在视网膜里，然后我们便会端详每个明亮的色块、每个不成形的形状，心想那里是不是有个人。冷酷，惊悚，流着血。最后一刻，在原本看起来很平静的地方，刷子有力地来了一笔，画面上突然出现了拿着大棍的手臂，在任意殴打，所经之处，留下处境危险的静止人群或红色的条痕。

她画，用不是颜色的黑画画，这种黑，别处无法寻得，只能来自她自己。有些天，我们几乎没有办法将她从空洞中拽出，她十分紧张，脆弱得像一张行将被撕裂的画布。在这样的日子里，如果我们不管她，任凭她固执下去，往深处挖掘，深入得哪怕迷失，也许她就可以有新创作。不是换一种方式看待过去的暴力，而是一些崭新的、直奔世界核心的东西，是我们从没见过的那种黑的黑暗教程。但如果我们关心她多过于她的画，那就应该劝她不要画了，应该推开她房间关着的门，不管她怎么抵抗怎么抱怨不公平，都要把她拉出来，塞进车里，然后往森林开去。那样，她会光着脚在沙土路上走上五个小时，把几只松果小心翼翼摆放到形状千奇百怪的岩石顶上，在小教堂的废墟里烧起篝火。根据她脸上的表情我们可以看出，她又重新面对外界了。第二天，或者当天，回到家里，如果她没倒头睡觉，她也不会像走之前那样画个不停，而是在装着洗笔液的罐子里洗洗画笔，或者上下摇动色罐，弄出像树一样永远纠缠在一起的手，或是枯叶堆中间的水潭倒映出的影子。

在她画的世界里，总是有一些不存在的颜色和只有她自己才能看到的隐喻。

也许就是因为这样，多年之后，我开始习惯伊丽丝的陪伴。她令我获得更强烈、更愉悦的存在感，就这么简单。最近这段时间，存在，对我来说，就是在伊丽丝身边。但我脑中很早就有了这样的意识，让我慢慢地和萨斯琪雅拉开距离，而且每次关于距离的争论，哪怕是最无恶意的争论，都只能将我们之间的距离拉得更大。

萨斯琪雅抱怨我的方式，可以列一个长长的单子（是那种两人一起生活时间长了就难免会对身边人产生的怨气。因为长期生活在一起，而且每天都觉得在此人身边的生活并不是理想的样子，既然生活不是理想的样子，这个人怎么说也脱不了干系），从现在算起，大概两年多前，她开始偏好某个攻击角度，那就是指责我对伊丽丝的怜爱。“看样子，”有天她终于对我亮出她压在心底的想法，或者把她的恐惧赤裸裸全盘托出，“看样子她都可以当你的伴侣了。”

她说出这种话，如果碰上我心情好的时候，我会把她揽入怀里，在她耳边轻轻说：“你胡说什么啊？”如果碰上我心情坏的时候，我会反驳她："真是荒唐！太侮辱人！"她觉得我们之间的亲近不正常？那是因为她不知道亲近人类和动物是我们的本性。我们不过是用傲慢的忌讳砌起了壁垒，把本性掩藏了起来。

萨斯琪雅拒绝理解，尽管她很聪明——这正是令我气恼的地方。因为我很清楚，这不是聪不聪明的问题，我甚至从她装作不明白我说什么的行为中，辨认出一些恶毒、下作的东西。我想告诉她的是，她和伊丽丝之间并没有竞争关系，我对伊丽丝的怜爱不会夺走我对她的任何感情，因为她们压根儿就不在同一个范畴。我告诉她，爱没有一个有限的额度。爱动物不代表少爱人类；爱人类也不意味着少爱自己的同胞。如果我们怀着强烈的激情热爱生活，那我们就能够爱所有的生命，到处感受到他们的呼吸和他们身上的脆弱之处，知道他们完全可能在极短的时间内把自己弄垮，面对暴力会心生仇恨。但这种时候，她往往会指责我把事情概念化，说这种蹩脚的理论谁也骗不了。

理论成分也许是有的——但也仅仅因为我认为其中有真实之处。对萨斯琪雅说的话，都是我心里所想。我和伊丽丝之间的交流无法达到同样程度，这是事实。我知道有一部分的我是她永远无法理解的。最基本的一点——毕竟不是无关紧要的一点——她不懂我们的语言，永远无法捕捉到我的想法，除非我说出来。直到今天，这一点仍是我们关系的局限之一。但在我看来，恰恰也是这一点令她更有趣。她知道她永远无法进入我的内心，但她不埋怨，也不强求。我可以在她身边，像一个神秘的人，我们也不会去争论其中的原因和后果，将其视为紧随我们关系的绊脚石，因为我们从一开始就很清楚，过了某一边界，我们是永远无法互相理解的个体。

但是，每当我坚持向萨斯琪雅解释，她总是迫不及待地打断我："这其实对你合适得很。突然宣称不喜欢别人读懂你，不正是你想要的嘛。"我读出了她的话中话。怎样说呢，二十年的共同生活之后，我们还能猜测对方的话吗？我退了一步，不做抵抗：我没有老这么说。的确，在我们俩的关系刚开始的时候，我常以猜萨斯琪雅的心思为乐。我们可以互相讲述生活的各种细节，对方总是听得津津有味，我们总是能在对方的内心引起坦诚自然的共鸣。我在这其中看到了某种力量，某种明显的迹象，觉得我俩真是天生一对。或者，在相处方式的另一个极端，我们也有不用言语就能明白对方心思的能力。当伊丽丝来到我们家（萨斯琪雅和我之间的争论依然在我的头脑里打转，在乱成一团的论据里头，也有我曾经承认过的这一点），当陌生的伊丽丝突然变成每天出现在我们生活中的存在，我常常在她的难以理解面前感到不自在。

我花了不少时间才习惯她的时常缺席。那是当她的目光不再落在我身上的时候——她去了别处，一个我一无所知的地方。没有任何预兆，她就陷入了忧郁，从头到脚被重重包裹。她的眼睛失去了光芒，脸被蒙上了阴影，没有了光泽。看着她，那简直就像是看着天光和风雨不停交替出现的天空，云朵聚了又散，散了又聚，挫败一切预报。这种情形如果没完没了地延续，我承认，我会想尽一切办法，把她从那个深渊一样的地方揪出来。有时候我会告诉自己，我不需要得到她的同意，正如我们救溺水者时也不会征求他的意见，那时，他已经连呼救的力气都没有了。

然而，更多时候，我往往是在疑虑之间举棋不定，袖手旁观，不知道是该截获她脸上每个细微的表情信号（哪怕很艰难，也努力去猜测她的情绪进展），还是就这样观察她，尽可能地做到冷静，不动声色，或者强行把她拽回来。可说不定还是静静等待她自己决定回归更好。我脑海里有个声音在轻声问道：能不能问她难不难过？得把她拥入怀中，还是别去打搅她好？于是，我，马洛·克莱斯，就这样极尽我所能，掂量揣摩着，为了自我安慰，我告诉自己，小心驶得万年船。如果慢慢地尝试这些个办法，她若是有任何反感的表示我可以马上中止，那么，她也许就仅仅会责怪我的笨拙，而不会对我长期怀恨在心，也不会把它看作是我为了被她接受而采用的伎俩。

随着时间的推移，或者也叫经验的增长，我明白了，大部分情况下，最好的办法，是不要介入。因为她经常流露出这样的意思，我知道她必须身在我旁边，心却完全在别处，这是性命攸关的事。当她对我说，让她从现实抽离的往往是微不足道的小事多过痛苦的时候，我是相信她的。我知道，我哪怕弄错一百回也没法看出其中的差异。在伊丽丝的忧郁里，我永远无法猜出平静从哪里开始。她在煞费口舌、消耗精力之后，总需要躲到平静中自我恢复。表面上，又该如何区分平静和苦恼？她的苦恼可能是因为有人说了一句中伤她的话，或者她突然发现，自己用想象建立起来的未来，突然看起来脆弱不堪，她因此焦虑不已。我又该如何将这些平静、不适、不安的状态和养殖场经历的重现、旧日噩梦灾难般的回归区分开来？无论如何，仗，她已经打过：她脑子里是个退伍老兵，尽管脑壳光滑，看起来可能连道缝都没有，却会因为一个多余的词、一幅画面勾起了别的画面，就从难以察觉却无法解释的裂缝中裂开。

我花了不少时间才习惯她的时常缺席，但我觉得这些时间也改变了我，最终让我相信，生活中有沉默和谜团相伴是件美好的事，这也是萨斯琪雅无法理解或者说不愿承认的。在我和她的关系中，那种想百分百透明的意愿已经让我感到折磨；她和我亲近到无法理解我为何不让她再靠近一点，允许她站在那个可以读到我心思的地方。她也许百思不得其解，并且为此感到苦恼，我到底是出于什么不可告人的原因而向她隐瞒我的大部分想法，我们明明可以互相倾诉更多，一同面对世间万物，然后听自己内心深处有对方的声音轻轻响起。甚至有的时候，即使我根本就没刻意隐瞒任何回忆、计划和欲望，没有任何值得她存疑的地方，我也感到自己处在包围圈中。被从容的、无害的问题包围——这些问题，我远远就能看见它们直奔我而来。她要求我向她做思想报告，动不动就指责我对她有隐瞒。然而我的沉默里有我所有的怀念和疲惫，有我跳出自己微型生活圈的需要，也有我的幸福里最不可捉摸的东西。

每天晚上，萨斯琪雅和伊丽丝抬头不见低头见。没有直接冲突，因为不可能有：萨斯琪雅很清楚，有一部分嫉妒只关乎她自己，难以针对具体的事情对伊丽丝有所指责。如果说伊丽丝明显感觉到萨斯琪雅对她温柔不再，我说不上来她会怎样去揣测其中的原因。有时候，我下班很晚，回到家中，发现萨斯琪雅躲在我们的房间里，亚尼斯由于当中间人当得很失败而垂头丧气。伊丽丝在客厅，额头靠在窗玻璃上，眼睛茫然地追随着大街上直来直往的哀伤。但是，如果空气中没有聚积过多的紧张压力，震颤它的会是另一种东西：夜晚的音乐。

说到这里，词语又磕绊了，然而不能不提伊丽丝的音乐。比起她的画，她在音乐里感到更自由，没那么多诉求。从某种程度上看，音乐对她来说是次要的，沉浸在音乐中是为了自娱自乐或者愉悦他人，没有太多输赢得失。她也很有音乐天赋，比我们有天赋得多，人类都这样。音乐里似乎有种转瞬即逝的、无形的、渐行渐远的东西跟随着她，去到我们无法企及的地方。但我是懂得欣赏的，甚至喜欢到听不着就难受的地步，我自己却连最简单的旋律也谱不出来。

伊丽丝弹木吉他，吹双簧管，弹钢琴，她也唱歌。这里面的自由，在于她可以创造出与现实丝毫没有相似之处的旋律。我母亲会悄悄对我说，马洛，你会发现，在这片土地上，这是多么惬意的休憩啊……那里会有音乐，我们可以得到休憩。当然，她即兴的演奏时不时会变成一连串焦虑的音符，绕来绕去怎么都绕不开，直到音符形成陷阱，变成执念。但是，大多数时间里，她任由优美的音符从指间、双唇、喉咙里流淌出来。观者难免会问，这是怎样的奇迹啊！我们竟然还能看到这些音符，它们不是已经到了别处、正在战胜地心引力么？是的，它们飞扬着，飘荡着，落下又升起，即使不升起，也不意味着结束——休止也保留着音符的印迹，还在回响。我经常会打开窗，看它们在空中升腾，在夜空里漂浮，在高楼间垂直弹跳回转，一会儿划出不间断的高高的直线，有点严肃；一会儿又勾出波浪形的起伏，使规规矩矩的建筑物和沉重的石头水泥多了点生动的意味。

过了一会儿，伊丽丝便跟着我们到房间里来，坐在浴缸边。我钻进水中力求顺利入睡时，她就在旁边，充当音乐天使，光脚站在瓷砖上，双簧管贴在唇边，或怀抱吉他，为我这个上了年纪、却还对某些旋律有着强烈需求的成年人演奏摇篮曲。所以，每晚守在我床头的是她，我这几天守在她的病床边，不过是还了点债而已。仔细想想，“守在床头”也不是一件简单的事啊！世界上有许多东西在高声或低声召唤我们，我们必须立即赶到床头，他们才能坚持着活下去，或者安详地死去。再一次地问：我们听得见吗？我们能回应吗？

这些时刻，是萨斯琪雅所不能容忍的。我能怎么样？这些年来，睡意渐渐离我远去，像酷暑里退潮的海水远远地嘲笑我。而伊丽丝的音乐，即使只是随便哼哼，哪怕不经意地夹杂几句没有任何意义的歌词，她低沉的声线犹如金属小片在震动，也成了我通往睡意的最有保障的通道。为了讨萨斯琪雅开心，我去看过医生，有时她也一起去。医生们都异口同声地说，这是他们做梦都找不到的好疗法，因为这就不是治疗。

然而，没过多久，萨斯琪雅就向我宣布，她绝对无法忍受了，我的助眠音乐妨碍她入睡。她认为伊丽丝坚持不了几分钟，音乐就会不自觉地被恐惧和忧郁的地带吸引，并不能真正有助于我们放松。她说，伊丽丝扮演的不是睡眠守护人的角色，在我们入睡时守护着我们，她更像一个把在睡意门口的保安，面对试图绕行的我们实施阻拦，左一步右一步，还一脸无辜，这样的手段更恼人更可恶。

萨斯琪雅没有马上做决定，等着时间让我们的分手显得更自然。当亚尼斯离家到南部平静的海边大城市开始海洋学学业时，她便告诉我她要搬家，想待在他身边。她要卖掉诊所，到那边重新开一家。亚尼斯一旦不跟我们一起生活，她就无法独自面对伊丽丝和我。“我觉得我在打扰你们。”她辛酸地总结了一句。我当然厉声斥责，每当她停止思考，做一些她明明知道是不对的事情，或刻意放低身段，心胸狭隘地进行挑衅时，我都毫不客气。

但我并没有因此而不质疑自己。在萨斯琪雅宣布她的决定之前，站在成堆的纸箱、胶带和门口的卡车前面，我问过自己很多问题：为什么我越来越需要独处，越来越不需要讲话，越来越难以入睡？我问自己一个又一个问题，我也抵抗来着。甚至到了今天，我听到这些问题还会直起身子。因为事实上我无从知道，我真的不认为用心寻找或躺在长沙发上向医生倾诉就足以完全了解自己。我们出厂的时候没有配备使用指南，我们的年纪越来越大，我们也在改变。总之，萨斯琪雅指责我的事已超出我的能力范围，不是我所能主宰，而我也不见得总有气力停下自己生命的运动重新考量，至多只能从务实的小尝试入手，改变一下剂量：不是从孤独或失眠中脱身，因为它们的存在尽管不受欢迎却已根深蒂固，我不奢望能和它们一刀两断，而是试着为自己建造一种生活，既能给它们留出一点空间，也不至于被它们缠住脱不了身或被打倒在地。

我的儿子和妻子，两人都离开了，去了南方的大城市，在平静的大海边。我落得个独自一人。空荡荡的房子里，我看到伊丽丝也为他们的离开而难过。她的生活已经够无趣了，现在又被腾空了一点。接着，慢慢地，日常重新组建起来。我们进行了重建，周末，只要不下大雨，我们就到森林里徒步，一直走到腿僵直抽筋。每年，在部里的工作允许我有多点自由的时候，我们便前往我父母在乡下的房子，自从我父亲死后，我母亲就不怎么去那里了。路上要花五个小时，至少也得去上三四天才值得一行。就是在那里，出产酸果子的苹果树下，伊丽丝爱上了园艺，她种莴兰，摘豆角，挖马铃薯。

去年，她二十五岁那年，为了庆祝这个我们不知道具体何月何日的生日，我改造了露台。面对城市，这里显得微不足道，孱弱的橄榄树，几株西红柿，一些薄荷和薰衣草，这一切无法抵挡空气中正在酝酿着的癌症和肿瘤，我们却异常珍惜。这是属于我们的地方，是拒绝投降的具体行动。我们在那里一待就是好几小时，翻翻土，有一搭没一搭地聊几句。除了乐趣，露台时不时也会变成绝望的地界，看着我们精心照料的植物日渐枯衰，走向死亡。这样的日子里，伊丽丝的状态一般都不太好。我会听见她夜里起身，去摘掉枯萎的花，给叶子喷水，松松土或加点肥料。

现在，我们几乎每天晚上都看电影。因为到了晚上，我已经受够了做我自己。我想到外面去，又没力气；如果可以的话，我真想出去，不用自己陪伴，把身体留在家里。连续十二个小时把自己囚禁在这副皮囊里，十二个小时，我以一个负责任的个体行事，在脑子里拟定合乎逻辑的思考，再花大气力向别人宣传。这样的一天之后，我需要撒手，需要虚构的东西来接力，将我剥夺，把我带到漂浮着的状态之中。轮到我不想离开了，除非是为了寻找梦乡。于是，我蜷缩在沙发里，沉浸在画面中。我不思但我还在，伊丽丝就在我旁边。

有时候，当故事情节急转直下——或某个人物说了些相当崇高的话，或不经意间流露出脆弱——我能感觉到她的眼泪上来了。我不知道我是靠什么信号判断的，也许是她的呼吸发生了轻微变化，或干脆而短促地吸了下鼻子。或者是我自己被感动了，心想，如果连我都被感动，更多愁善感的她应该离掉眼泪也不远了，应该比我还近。我也不看，直接用手背去蹭她的脸颊，确认是不是已经被泪水打湿。我亲吻她的脸颊，“好啦。”我说。“没事。”她软绵绵地把我推开，好像不愿意让我看见她这副样子，觉得荒唐。

有天晚上，我向她说出了真相：我告诉她，如果能让我成为令她落泪的艺术家，我愿意付出高昂的代价。“你瞧，这是生活中的一个目的，它可以是生活的一个目的。”若干星期过去，想法在她脑子里成熟之后，作为回应，她对我说，让她落泪的不只是艺术作品或虚构故事，“你知道，你在战斗的时候……当我看着你奋力斗争，努力让别人听见你的话，认同你的工作……”貌似，这有时候也会让她湿了眼眶。原来，这么多年来，我尽顾着让伊丽丝落泪了；不是痛苦的眼泪——痛苦的眼泪她已经掉过了，而是在生命的炽烈和脆弱瞬间凝聚时涌起的欢乐与悲伤的眼泪。

不久之前，大概十二或十五个月之前的样子，也就是她住进我家十年之后，伊丽丝开始觉得自己足够强大，可以独自出门探索城市了。欲望和好奇战胜了恐惧。说实话，这主意让我不太舒服。我都替她觉得害怕，已经远远看见担惊受怕的夜晚落到我头上。我等着她，睡不着，担心她有什么不测。但我没有阻拦，我早知道独立宣言总有一天会到来。我对自己说，大概时候到了，即便没有谁保证外头就一定有危险，我想我也在她身上做了相当充分的准备工作，她能自觉地对自己的行为负责。

只要门窗稍微打开一点，我就发现她有明显的急躁情绪，也许她自己并没有察觉。尽管有种种限制和不如意，她仍然初尝到了自由的时刻。少许行动自由让她意识到，她不能再满足于旁观者的角色，不能忍受自己做的事没有任何影响力，只能得到我这个主人的认可，而我的认可由于太肯定也太容易获得而失去了价值。

短短几个星期，变化翻天覆地，她开始以一种更自信、更有诉求的语气来谈论自己的画。“我做这些不是为你也不是为我自己，”她说，“重要的是那些墙。”那些墙、河岸、门脸、马路牙子，她要在上面画满惊慌的眼睛，不必说它们属于谁。她要的是一眨不眨的眼睛。我们的人路过，会在心里问：谁啊，用这种眼神看我们？这些盯着我们的眼睛是从哪个黑夜里跑出来的？这是我们不得不承受的眼神吗？

在某些地方，她的画赢得不少热烈的鼓励；在另外一些地方则不被当回事，人们居高临下看着她的野心勃勃。要是从这些地方回来，她往往怒不可遏，话里有着我从来没在她身上见过的傲气，甚至让我觉得有点吓人。“我明白了，”她对我说，“我要是表现得像好人，他们就不把我放在眼里。我如果是个好人，他们会让我觉得我的确是个好人。从今往后我不会再对他们微笑了。他们一个个死掉，也不会再看到我的微笑。”我想，莱奥·奥斯提亚斯应该就是这么吸引了她吧？他让她看到，在他的圈子里，她是被当回事的，尤其是她的画，应该成为斗争的一部分，艺术只是其中一个行动的舞台。

后来我有了明确的证据，知道她不只是外出那么简单。她在冒险，频频跟抵抗分子接触，我们之间的关系变得紧张起来。我要求她至少告诉我她去的地方，但她拒绝的次数越来越多。我感到她的生活有一半转入地下，长出了分枝，蔓延到更远，也更危险的地方。在我们就这一问题爆发争吵之后，我曾经兀自去了部里，把她反锁在家里，因为怕她卷入自杀性的疯狂计划中。电梯下了好多层楼，我还听见她在门后又挠又喊，或对我苦苦哀求。晚上，当我回到家中，她一句话也不说，直到睡觉前才跑来，盯着我的眼睛，用一种这话我只说一遍的语气说："听好了，我不想再被你关在家里。"我回答说，我可以尽量不限制她，但我得确定她外出寻找的是自由而不是自我毁灭。

至少有两三回，她对我说，我试图向她解释的她都明白，而且细思之下，她是同意的，但这并不能阻止她不久之后重犯。等待她的每一秒里，怒火都在我心中燃烧。实际上，她身上有他们最糟糕的毛病：言行不一，前一秒刚给自己定下的行为底线，下一秒就跨过去了。我讨厌言行不一，但又不得不承认，这并不能阻止我爱伊丽丝。也许，尽管她言行不一，尽管她举止过分，我还是爱她。或者，在我皮囊中的某处，藏着连我自己都不太认识的另一个我，因为我跟它没什么思想交流。更糟糕的是，这个我恰恰爱的就是这样的她。

我是不是本该更严厉更谨慎一些，严格管制她的来和去，在帮助她逃跑之后，再把她变成我的阶下囚？我可以任凭自己对自己发问，能看见救护车的灯光、被碾压的腿下那摊可怕的红，可以不慌不忙地指责自己。但严厉不见得一定有用。我知道拦是拦不住的，没有人能阻止别人给自己找麻烦。我想，如果她觉得还能接受限制，如果在她看来有限的自由也不是不能接受的事，她应当也不会如此行事。我想对自己说，没有什么可遗憾的，不需要内疚——但当我从正在写的这页纸上抬起头，空荡荡的房间突然将我包围，没有音乐，没有睡意，我还是很难真的这么想。

反正，不管怎么样，那些画面，那些瞬间，那些年，没有人能把它们从我这里夺走。

10

我应该还是睡了两个小时。今天早上醒来时，我对自己说：战斗吧。她期待的，就是你投入战斗。天还没亮，我打了几个电话，看着城市慢慢发白，为一天做着准备。

等我到达的时候，医院还未完全苏醒，分拣活人死人的机器还未开始轰鸣。夜班医生已经回家，日班医生凝神注视空咖啡杯，心想，该干活了。伊丽丝的外科医生已经进了手术室。也好，头天晚上打完那通电话之后，我想碰见她的期望已经触底。接待我的医生请我到他不起眼的小办公室里坐下。他找前后两次手术报告的工夫，我有足够的时间提醒自己几个要点：移植体排异不是他的失败；伊丽丝不是他的病人；他没有和她生活在一起，也不是把她从养殖场里救出来的那个人。于他而言，她不过是一份即将完结的病历，很快就可以归档；一张即将腾出来的病床，也许会有更大用处。

他的声音缓慢低沉，眼睛也不看我。他向我解释说，夜间的手术用四个小时卸除了白天那位女外科大夫用六个小时接起来的腿。伊丽丝已经恢复意识，但身体太虚弱，接下来的几天，甚至从中期来看，我们也不能冒险再进行新手术。现在最好就是缩短她的痛苦。我尽量平静客观地问了一句，他承认缩短痛苦只是一种说法，从医学角度来看，伊丽丝的情况肯定会稳定下来，她的腿少了三分之一也完全可以继续生活。到了法律层面才说不过去。缩短他们的痛苦，我当然知道，那是L124条对残疾人类实施安乐死找的理由。是否要读一下条款，也许能更好地理解？我告诉他不用了。我对法律文书的喜爱已经触底。“我知道主人和宠物之间感情可能很深……”他试图打破沉重起来的沉默。不过，自从选择人类当宠物那一刻起——不管怎么说，也不是非得要宠物，最明智的也许就是在他有生之年享受他的陪伴，但永远不要忘了他们的生命比我们要短暂许多。我们十有八九活得比他们长，免不了看他们死，觉得他们死得太早。尽管他一开始也对相关法律持保留态度，但执行起来，他才意识到法律是多么合情合理：“一条人命，本来就不值什么……更何况是残废的人，您知道，其他人不见得能意识到什么，但残疾人，就是一条不值得活下去的命。”

既然我不作答，他也词穷了，觉得表示同情的任务就算完成了。他轻声宣布，我眼前有三种选择：我可以自己注射，或者看着医生注射，也可以选择不在场——由我决定。换句话说，我行使自由意志的行动范围真是宽得可以。那张表突然出现在我面前，离我几厘米。我得在合适的框里打叉，在文字下方写上“已阅，同意”。然后，在这里，他用笔指着那个地方：“很简单，签个名。”

病房里的灯光。薄纱和窗玻璃后面透出天空的轮廓，在大城市里要求不能太高，这样的日子里即使呼吸不太顺畅，我们还是会说是个好天气。门的声响，我的脚步，我握住她的手，她都没有反应，我这才想起来，沉睡和无意识离死亡有多么近。但眼下，被单在起伏，她的心在跳动。我盯着被单的一起一伏，看了一会儿，真希望它永远不停。伊丽丝的脸很干，脸上有好多小褶子，我从没见过的。我真希望它们只是第一拨皱纹，还有时间慢慢变深。我用手指尖为她涂了点润肤霜，用柔软的棉纱擦了擦她的眼睛和嘴角。她的眼皮微微颤抖着睁开了，说实话，没睁开多少，但足够透过朦胧的睫毛，分辨眼前的形状。她认出我了，露出微笑。医生对我说过，如果我愿意，我们可以趁她睡着时进行操作，这样她就什么也不知道，但我不希望她一无所知。

等到她足够清醒的时候（我不想突然刺激她，但我们没多少时间了），我把死亡判决书给她看了。我还没打叉，也没签名。我把这张纸叠好放进口袋的时候，告诉医生说我得先去看伊丽丝，然后，我又多了一句嘴，嘴里的话危险地超前了，超过了脑子里的想法。我说我得跟她一起做决定，毕竟事情跟她有关系。我发现办公桌那头医生的表情短暂地闪现出一丝怀疑。我恨不得自咬舌头，原以为提供这个细节有好处，可毕竟谁也没问我。他会不会因此把我当成需要多加留意的可疑人物呢？幸好，片刻之后，他的一名同事从门缝中探出一个不容回绝的脑袋：需要他去，马上。他示意立刻就到，又转脸向我做了个结论：我想再见伊丽丝，想再考虑一下，合情合理。这么说吧，我有一个小时的时间，然后，就该走程序了。

伊丽丝一行一行往下读。当她意识到只缺一个叉、三个词、一个日期和我的签名时，整个身子挺直了。尽管过度疲累让她抬不起腿，也挪不动垫在脑袋下面舒缓颈部压力的枕头，但她没有一点屈从的意思。已阅，不同意。她没有准备好，完全没有。

如果我需要被说服的话，她的反应做到了。我俯身在她耳边轻轻告诉她我们接下来要做什么。她说好，好。她的声音急促，呼吸颤抖。我朝门口走去，她又小声唤我：“马洛？我真的可以吗？”我深深地吻了她，告诉她当然，然后扭过头，不想让她看见我的眼泪。

电梯里总是有人盯着你。他们看你按了几楼，要去哪里，属于哪种魔鬼。我等到走廊里没人了，才推开通往楼梯的防火门，顺着楼梯螺旋式下了楼，努力控制住自己，不跳也不跑。一个人也没碰见。

地下四层，停车场铺开它的灰色水泥地狱。在其中一根硕大的承重柱后面，我找到了那辆救护车，像个迷信的人一样逐个数字确认车牌号，然后敲了敲车尾的门，两下轻，一下重，再两下轻。芝麻，救命，开门，如果你在的话，回答我。车门开了。正如我们在电话里说好的那样，莱奥·奥斯提亚斯和米拉德·内维斯等在那里。看着他们一言不发、一切就绪的样子，如即将从颤悠悠的飞机上纵身跳向敌军阵营的伞兵一样精神集中，我心中迸涌出感激和希望，几乎跳了起来。奥斯提亚斯把钥匙递给我，我帮着他们把担架抬下来。今天清早，在匆匆忙忙的谋划中，我们在完善的系统中寻找着可以利用的漏洞，是奥斯提亚斯让我注意到了这一点：救护车司机总是我们的同类，而抬担架这种不讨喜也没什么意思的后勤活儿往往落在人类头上。

我们互相一句话也没说。他们往电梯那边去了，我抓起侧面长椅上的衣服套到身上，白衣的天使，谁也不能阻拦。然后，我围着救护车绕了一圈，坐到驾驶员的座位上。我想象他们在楼上，溜进病房，移开输液架，把伊丽丝顺从但僵直紧绷的身体从床垫上挪到担架上，动作毕竟不如真正的担架工那么灵活。他们把被单一直盖到伊丽丝的下巴下方，又给她套了一顶护发帽，以确保她那头远远就能看见的卷发丝毫不露出来。要是有个谨慎的护士，或者是刚才那位大夫有了一刻空闲，过来看我以什么样的速度屈服，或者电梯按了却不来——在我看来，任何微小的偏差都可能让我们整个计划泡汤。我心里有一个清晰的声音说，这根本算不上是计划，一点过失就能玩完。我又提醒自己说，眼下不是怀疑的时候。

电梯门不在我的视线范围内，导致我老觉得一切皆不在我掌握之中，于是我把车往后倒了一点。救护车的身躯立刻好像有了自己的生命。我心想，瞧瞧你自己，马洛，一会这样一会那样的，是想向谁证明你懂行呢？另一方面（汗也来掺和了，我身上已经开始冒汗珠），我最好趁现在练练手，不然，莱奥·奥斯提亚斯雪亮的眼睛必定会让我为自己的笨手笨脚感到耻辱，那样，情况只会更糟。就在看到他们下来的时候，我正好机灵地把车停到了主道的中央。我本来还想跟伊丽丝说点什么，确认躺在白被单底下的确实是她——魔鬼也有紧张的时候，但每浪费一秒钟都可能为后面带来麻烦。他们固定好担架，门一关，我就发动汽车了，沿着螺旋式的车道向上盘行，把每个拐弯当作敌人对待，动作必须无比精准才能战胜他们。快到出口了，我才意识到需要刷卡，心中瞬间慌张起来。不过，坐在后排的莱奥·奥斯提亚斯感觉到我踩的那脚刹车，毫不犹豫地说：“胸前左边的口袋里，我跟您说过的。”通行卡在那里，没错。门障乖乖服从，我得以驶出大楼，离开医院。

真奇怪，外面的城市依然存在。开出一百五十米，第一个红绿灯逼近的时候，我拉响了警报。听着警报声划破空气撕裂我的鼓膜，我立马感觉此举太引人耳目，警报声好像在向全城所有街道上的所有驾驶员示意我是个逃犯，我是正潜逃、被追捕的那个人，而不是十万火急救人性命、他们听到警报就应该给让路的那个。出于本能，我的手伸向旋钮或开关，反正就是那玩意，想关掉这破坏性的声音，反转那些我看不到、却正在朝我汇聚的目光，但我发现前面的车尽管挪得很慢，有些几乎不动，却都在勉强往边上靠，为我腾出道路，我这才想起我刚才为什么会有这一主意，也许我们超前的就这点时间了。要充分利用，没有比这更好的办法了。大路上，隧道里，我曾浪费掉生命中无数珍贵的时间，搜肠刮肚，只为找到一个只有舒缓音乐回响的频道，打发无聊的等待，而现在，有那么一瞬间，我甚至产生了快感：穿过被挤爆的城市，冲破人群，不可阻挡。不管怎样，我对速度的诉求里没有任何谎言的成分：就像拉起警报的大多数情况，那都是生死攸关。

城东北两公里处，典型的郊区开始出现，一排排楼房中间，隔着一小块一小块的空地和用处不明的空间。我们驶入伊丽丝所说的莱奥·奥斯提亚斯的地盘已有几分钟，我开进了他之前告诉我地址的修车行，看起来像已废弃，不见人影，然而门开了，等的就是我们。

来的路上，我不时想我们或许已被跟踪，虽然每次往后视镜里瞥，似乎看到的都是一辆眼熟的车，但我也说不上那车是否是同一款式或同一颜色，于是将此念头列为有建设性的妄想症，是为形势所迫的极端怀疑产生的效应。大门关上了，我把救护车开到了车行尽头，停在一堵用生锈的铁桶堆起来的颤巍巍的墙旁边。我们都下了车，把担架抬到地上。

我们在此就要分道扬镳。米拉德·内维斯留下来，换掉车牌，里外上下把车清理干净，抹掉我们的一切痕迹，即便有人找到这条线索，也得花点时间确认这辆车就是我们用过的那辆。莱奥·奥斯提亚斯马上得回工厂，他给自己定的原则是永远不错过点名，不让任何人觉得有调查他的必要。

我看着他们俩。和人类当队友，我感觉有些奇怪。今天早上发生的事，尽管压力重重，却是很久以来第一件让我感到自豪的事。奥斯提亚斯向我致意。他到底是男是女，还是两者都是？他朝伊丽丝的担架走去，脚步不像平时那么自信有力——是告别，也许是永别。他迅速抱了她一下。我不想打扰他们，于是走开了一点，但还是远远地观察着，不由自主。这一抱——伊丽丝微圆的脑袋越过奥斯提亚斯棱角分明的肩膀，让我觉得他们的感情十分克制，没有撕心裂肺的意思，以至于我开始问自己，我是因为害怕被抛弃，才夸张了他们的关系，还是他们早些时候在病房里通了气，决意不露声色，怕我受伤。如果他们的出发点是保护我（如果有出发点的话），那也算是少见的体贴了。也许，莱奥·奥斯提亚斯的持重也表明，他心里很清楚，没有他的帮助，我压根不可能有所行动。但为过去的生活画上休止符的毕竟是我，为了救她舍弃了一切的是我，所以，不管这条路通向何方，和她一起继续上路的也应该是我。

分别之前，他们帮我把伊丽丝转移到那辆屎壳郎色的汽车后座，我们将开这辆车低调上路。车身很宽，是为我这种身材的物种而不是为人类设计的，她可以完全伸直躺平。伊丽丝又被抬起，搬来运去（对于她来说，不能自己走动应该是件很难受的事），刚才一直咬着牙的她终于没憋住，发出了两声含糊不清的尖叫，听得我打了个哆嗦。我试图说服自己，这不过是止痛药药效消退而已。我从包里拿出事先准备好的药片，看着她就着一点水咽下去，每咽一下，脸上都不自觉地露出怪相。

我还能做什么，让她不害怕长途跋涉，相信自己能挺过去？我像鸟儿筑巢一样小心翼翼，在右车门那一头摞了两个枕头，扶着她躺下去，然后又检查了一下她的腿，包扎的绷带看起来还是干净的。我告诉她，需要的话，我可以重新包扎。我用毯子将她裹起来，然后用安全带和担架的皮带把她固定住，以免她受颠簸之苦。

我换好衣服，坐到方向盘前，朝后视镜里看了她一眼，决定不要太在意她因为出汗而贴在额头的卷发，而是对她裹在毯子里熟睡的小兽样子报以微笑。我习惯性地问了一声："走吧？"她应该是感到恍若过去：一大早，睡意蒙眬，汽车里装满了东西，人还没完全睡醒，但路已经出现在眼前，她哼起了那首奔放跳跃的曲子的头几小节，越哼越起劲，是她自创的固定曲，她和亚尼斯把这首曲子作为我们的出发曲。

米拉德·内维斯打开大门，莱奥·奥斯提亚斯扬起他的细胳膊，不是挥手道别，而是高举他紧握的拳头；我摇下车窗，也以紧握的拳头回应，高举的、有力的拳头，心潮澎湃之中，我们离开了。

大半个小时之后，森林开始包围道路。路两旁，或是没有叶子的裸枝，或是含苞的小芽，或是随着春天到来的新绿。我在自己身上发现了另一种呼吸，更舒缓，更深沉，像是在对我说（我愿意相信），从现在起，时间不会那么可怕地流逝，不会与我们为敌了。

这一天不是周末，路上几乎只有我们一辆车，偶尔有几辆重型车相伴，远远地出现在我们的视野里，似乎也是为了做个参照物，表明一下时速。我们轻而易举地就超了过去，毕竟，在经历过救护车的窘境之后，这辆车对我来说真是太顺手了。眼前的路转眼就已经到了身后，我们在远离我们要逃离的世界，靠近某个避难所，而且，我越来越觉得，抛在身后的不仅是我的城市或这一片水土，而是整个沉重的过往。救命，嗨，我轻声问道，你好像在？

头天晚上，经历了糟糕的一天之后，我收到了亚尼斯发来的信息：他关注了投票的过程，事态朝这样的方向发展，他感到很遗憾。“紧紧地拥抱你。”我想，你都不知道这话有多重要。片刻之后，我突然如受神启：我有个靠得住的儿子，有个同盟。这样说出来的同时，我不知道，在我心中跳动的是直觉还是愿望。这个清晨，离天亮还有一个小时的时候，我给他打电话，想告诉他伊丽丝的事。我暗自祈祷他要么睡不着，要么已经醒来，只要接电话就行。

他的声音，先让我听出了因这些消息而生出的巨大的悲痛和沮丧。但很快，他便开始出主意，想用一切办法阻挡死神的到来，哪怕只是一个想法，都能投过来一道不一样的光芒。我这才意识到，我早该跟他商量。错不了，因为他喜欢伊丽丝，但又不像我和她之间有这层亲密或依附的关系。我得承认，有时候，当我想到她，这层关系会阻止我正常思考。

我们一一讨论和评估这些办法，没有一个显得有说服力。突然，他的声音激动起来：“等等，等等。”他想起一处避难所。在内陆，离他的城市两小时车程的地方，人类和其他动物有一定的权利，尤其是自由生活的权利，尽管这听起来有些奇怪。掌管那地方的是我们的同类，但他们不太喜欢把我们的优越性具体化，而更倾向于和其他生命共处，不把他们当作剥削或奴役的对象。他们分配了土地，分散生活在峡谷和山坡上。那个地区的居住者觉得自己没有遵守法律的义务，因为他们清楚地记得，几百年来，无数强大的军队企图征服他们，但交了昂贵的学费，弄明白了什么是山，什么是密林，什么是耐心地造成峡谷和洞穴的水，什么是游击战。远征的代价太大了，只要这里的无序不扩散到领土的其他地方，没有政权会再认真考虑强行收复这里。

两年来，亚尼斯在那里交了一些朋友，这其中有医生。伊丽丝可以停留一段时间，接受治疗，也许可以再做个手术或安个义肢。为什么不呢？没人会干扰她，她会好好的。至于妈妈，他接着说（他是说萨斯琪雅），妈妈没必要知道。当然，这个地方离我们有一千多公里，我得先做好心理准备。驾驶的疲劳加上最近几天熬夜，我免不了在路上眼皮打架，路会越来越窄，越来越陡，而且毫不留情地变得蜿蜒曲折。但我需要跑完这一千多公里，才能让逃脱的感觉变得真实。

后座上，伊丽丝在汽车的轻微震动和发动机的轰鸣声中睡去。我也就没放音乐，没开广播。这会儿没有人可以跟我说话，只有我一个人和脑袋里的念头在一起。旅途带给我的往往都是温馨的念头，只要我从后视镜中看到伊丽丝正睡着呼吸着，这样就很好。我不停地开，片片田野，像深黄色或绿色的马赛克装饰着的大地，然后是森林，成片的森林，只有以前的古道隐约穿梭其间。我开得比风吹动云彩的速度还快，第一拨山岭出现了，树林和农田相互交替，石头矮墙围起来的老房子，时不时有棵孤树挺立。

伊丽丝醒了，又开始有痛感，除了腿上突然出现的阵痛，也因为动弹不得而浑身肌肉疼。我怕她翻身掉下来，先前在她睡着的时候重新调整了一下绑带，但现在她醒了，身体有了知觉，她感到窒息。她发现无法把胳膊从毯子底下抽出来，变换姿势，于是从后视镜里寻找我的眼神，“这是绑架吗？”她脸上挂着水晶般晶莹的笑，却因为笨拙，因为想掩盖疼痛而出现了扭曲。等笑容散去，疼痛缓和，她一副惯有的若有所思的样子：“开着车在路上，却只看得到天，这种感觉真奇怪。”的确，以她所处的位置，她只能透过打开的天窗，捕捉到偶尔出现的漂亮云团，看不到一点风景。终于，片刻沉默之后，她轻轻地说出了深思熟虑后的决定，说：“你觉得我们能停一下吗？要是你能帮我……我想走一走……我是说，走几步。”

她已经想了好几天。手术前夜，漫长的等待，眼睁睁独自面对疼痛漫溢，她都这么给自己打气：再过一周，或两周，就可以走上几步了。即便她之前想的是双脚着地行走，不用拐棍，也不用依靠别人的肩膀，此刻没有比走两步能更让她高兴的事了。

我也需要休息，伸展一下腰身腿脚，放松精神，于是便答应了，只不过要等到高速公路休息区出现，要那种只有卫生间和木头或水泥桌子的休息区，不要那种一进去就有监控摄像头把你从头到脚扫描一遍的服务站，也不要有咖啡店服务员，他们会朝你投来漫不经心的目光，没有感情色彩，没有恶意，实际上他们也没有任何想法，反正没有任何跟你有关的想法，但这样的人，如果必要，转脸就可以变成目击证人。

休息区的停车场上没有其他车辆。我停好车，下车给伊丽丝开门，“休息区”这几个字停在我脑海里。我心想，我们时不时总是能找到一个隐蔽之处喘口气，即使是在战争最激烈的时候。

有几棵树。种得极为节制，但毕竟还是有几棵树的。一个草坪，缓坡向上延伸至小山包顶部，有张长凳在日光中显现。伊丽丝手一指，没问题，她一只胳膊搭在我肩上，我们一瘸一拐爬上去。她二十五岁，我们就这样，像带着老人或孩子一样，慢腾腾地往上爬。尽管不想也不愿，但我还是会不由自主地看她光着的脚在草丛里留下的痕迹。

到了山顶，她的眼里涌出了泪水。她看见了一个小湖，湖面闪着波光。比我想象中的要美得多。往左望去，远处的山顶上有一个废弃的城堡，被围攻许久的堡垒之一，多少人曾在周边徘徊，冒着被一箭穿喉的危险，寻找一个缺口或攻城的谋略。湖边有许多荆豆丛、一棵垂柳，如果有野鸭、长颈天鹅和细腿的鹭，就是旧时版画或油画里的风景了。而我们脚下的山丘，朝南的山坡上，布满细长柔弱的黄水仙。我很少见到如此繁密的黄水仙，它们和阳光一唱一和，亲密无间。

伊丽丝坐到黄水仙中，面色如灰，眼袋深重。过了一会儿，她也转身面朝太阳，好像阳光能让她重生。我看着这一切。如果这一天还有这样的馈赠……这一天似乎注定不仅是解放的日子，也是和大自然的春天重逢的日子。这里的春天比城市的春天要来得更冲动更慷慨。我想，这一刻如果能比别的时刻更长一些……

一千公里，我边想边坐到伊丽丝身旁，对于一个白天来说，这距离有点长，我们到不了。我深吸了一口气，看着远处的山岭。其实，为什么不在山里找个安静的角落过一晚呢？我等着想法在我脑子里成形坐实，然后扭头面向伊丽丝，对她说，如果她感觉还好，我们可以走走小路，我们有的是时间。她的脑袋靠在我肩头，轻轻点了点。过了一小会儿，我感到肩上有人入睡时那种条件反射的抖动。我的眼睛也闭上了。如果要坚持到晚上，到白天能带我们企及的地方，享受一下这种阳光不是件不合理的事，甚至是件好事。

也许正因为如此（我们俩都不知不觉地顺着梦的缓坡往下滑），谁也没有听到有人来。他们在我们身后，我的三个同类，一动不动。我转过身，被吓得跳了起来，我在山坡上的位置比他们靠下，所以他们显得比我高大许多，立在我们头顶，像法院的立柱，高大得出奇。

我没花太多时间就认出了他们。是我在造假坊看到的那三个贼人，警察临检后半小时，他们曾跑来捡漏。他们仍穿着同样的衣服，过于宽大的米灰色防雨衣，个别地方已经磨破。留着小胡子的那个，站得略微靠后，似乎在这个扁平三角形中处于领头位置。他跟我们打了声招呼，像模像样地对我们说，他们是警察。他说话时，被厚厚的唇须遮挡的两片薄嘴唇几乎不怎么张开。他的双眼深嵌在灰色的眼窝里，丧家犬似的眼神中有一丝不敢过于蠢动的潮湿的光亮。为了证实自己的话，他打开手里一张一折为二的卡晃了晃，动作异常迅速，既可能是对这一习惯性动作厌烦，也可能想掩饰什么。既然亮出了这一光芒四射到展示时间不得超过半秒的法宝，他接着便要看我们的证件，就像要求走正常流程一样，语气再自然不过。

我的脑子开始高速运转起来，快得让我有些难受，但还不够快。我看了伊丽丝一眼，她正双手撑地，似乎要站却站不起来，五官扭曲成一团，脸显得更袖珍。我们不能撒腿就跑，除了拖延时间，弄清楚他们到底是谁、想干什么、怎么收买，我想不到别的办法。

这是什么检查？我先从这个问题开始，心想问一下也无妨。“例行检查，”小胡子随手一挥，“谨慎起见。”我车里有毯子和绑带，这毕竟有点麻烦。如何向他们证明这个女人属于我，而不是我绑架了她？我刚张口，站在左边那个突然打断了我的话。他一直保持歪着脑袋盯人的姿态，也许以为犀利的目光足以识破我们。他的口气装得很温和：“方便的话先看你们的证件，有话一会儿再说。”

证件我留在车里了，他们让我去拿。但我不想留下伊丽丝单独和他们在一起，只好递给他们钥匙。第三个，一言不发但每隔六秒就清一下嗓子好像有话要说的那个，抓过钥匙，慢条斯理地走下山坡。微风吹起他的大衣下摆，拍打在他身上。

他咳嗽着回来时，还往地上吐口水，好像刚刚费了多大气力似的。他们传看了我的证件，还有莱奥·奥斯提亚斯以我的名义租的车的行驶证。他们轮流仔细查看，好像只检查一次必定是不够的，或者他们坚持一致行动。“当然了，”查完证件，小胡子朝我发令，“下面该解释一下你们在这儿干什么。”这种演戏般的小动作，还有这个纯属瞎问的问题表明他们并不在乎露马脚。如果他们真像他们自己说的那样，是警察，那他们该调动数据库，查一查车是从哪里来的；该掏出能够读取伊丽丝身份环的设备，一分钟之内就能弄清她的病历。本来动用工作仪器就能弄个一清二楚的事，他们要求解释的行为就显得完全流于表面了。总而言之，他们只是为了审问而审问。我有不祥的预感，觉得自己回答什么都无关紧要，他们已经逮住了猎物，现在不过是要个游戏，玩弄一下猎物罢了。

不管怎样，在我看来，只要言语能说清楚的事，说实话是最保险的。万一问题一连串，至少实话可以让我避免前后矛盾。我说我的同伴刚做了个手术，我们要去阳光充足的地方，让她好生休养。他们一致点头表示赞同。的确，阳光，南方，没得说，确实是休养的好地方。他们自己，如果他们自己就能决定的话……“不过……”歪头汉说。“不过……”另外两个跟着重复道，他们故意把词说得阴阳怪气，于是我一下子就明白了。歪头汉朝我露出微笑，扬起的上唇之下露出了几颗牙，右边一颗门牙，左边一颗突出的尖牙，可能因为周边的牙都腐烂或缺席而显得更为突出。沉默片刻之后，他说：“我不太确定能让你们继续行程。我们得看看，我们要看一看。”

他往下走了几米，蹲到伊丽丝旁边，伸出手要拆她的绷带。她试图推开他，他单手毫不费力地抓住她的两个手腕，然后把她的腿摁贴到地面，用膝盖压住。“住手，”我朝他喊道，“你会把她弄疼的。”他停了一下，抬起头，假装惊讶地看着我：“不会的，不会的，”他轻声细语，好像我的担心毫无根据，“我们得自己把情况弄清楚。”接着他开始拆绷带，动作极慢，小心翼翼，在我看来还是在演戏（他应该是刻意演给我看的）。“唉哟……”拆完绷带，他来了一句，“果然，看起来不妙，不妙。”另外两个齐刷刷地伸长了脖子，好像在手术室里，床单一掀开，实习医生们都朝手术台上的残肢探出身子看看到底是怎样的灾难性伤情。导师的点评毕竟不总是可信，他一贯轻描淡写以显示他见多识广。

面对截断的腿，小胡子的脸阴沉下来，他轻轻地左右摇头，不停咂嘴，以示对我的责备。让她在这样的状态下长途跋涉合理吗？她难道不应该先休养恢复，或者，如果我真不想让她静养，至少也该配辆合适的车吧？比如救护车之类的。别这样，像死于误杀似的，尸体在车后座颠来晃去。“这个样子，血压是多少？”歪头汉自言自语。他把自己两根细长指头放到伊丽丝手腕上开始数，一边轻点着下巴以免数错，漂浮的眼神停靠在湖岸边上，若有所思的样子。检查完毕，他像获得下诊断书所需的最后病征一样，或者是瞬间顿悟，盯住我的眼睛，控诉般粗鲁地喊道：“没戏，其实你早知道她已经没戏了！为什么不让她扎一针？”

真正的麻烦来了。我感觉双手失去了控制，又开始发抖。熟悉的耳内疼痛在召唤。我决定无论如何要继续前行，还有一线希望，没错，移植手术难度很大，但我们前往南方也是为了征询某位专家的意见。我还没来得及组织完句子，清嗓汉显然认为他也有发言权：“奇怪啊，我说。你很像那个议员，呃不，不是议员，那家伙，昨天新闻里看到的那个。不过，我想那应该不是你，你会在那儿干吗呢？”

我重新仔细观察他们。既然他们做出知道我身份的样子，我也得弄明白他们的身份。防雨衣下面，他们穿的是鞋底有点开胶的运动鞋（我之前没有注意到），侧面的彩条因为摩擦而发白。

面对这三张透出迷惑的脸，我想扭转局面。“你们没有比我更像警察。”我甩出这么一句，暗示事情不会按他们想象的发展。他们互相交换了眼色。小胡子“哦”了一声，故作真诚的疑问。“我不知道你为什么这么想。”片刻空白之后，他边思考边大声说，“反正，我们是维持秩序的力量之一。”又停顿了一会儿，他接着说，声音还有些动情，像个苦口婆心的布道者，对愿意拿他当真的听者不厌其烦地重复自己的信条：“这个世界上有动物和人类，还有我们。假如，大家，不说别的，就只是待在自己该待的地方……是吧。这看起来挺简单的啊。难道这样的要求太高了吗？”

他话音刚落，刚才一直被遮挡的阳光冲破云层，照射下来，不过这两者之间并无直接联系。那三个被阳光晃着眼了，直眨巴眼睛。我心想，如果这种日隐日现的小循环几分钟后再出现，我也许可以利用他们分神的片刻采取行动。在此之前，我保持双臂垂直的状态，试图喘口气，思考得差点烧焦脑细胞。伊丽丝依然被歪头汉摁在地上，小胡子再次靠近她，轻声重复道："不说别的，只是要待在自己该待的地方。"好像为了让自己更深信无疑。然后，他开始摸她的胳膊、肩膀、大腿，摸着玩，或者只是为了看我们的反应。她恶心得浑身发抖，但他的目光并不在她身上，而是一直盯着我。大概一分钟过去，他脸上的表情一下子明朗起来："啊，我知道了，我知道了。"他转脸对他两个同党说："不是咱们想的那样。咱们想错了……"然后又转向我，"其实，你想的是，既然都到这份上了，心想反正是没戏了，对不对？你想给自己留着。毕竟还是相当不错的一个小东西，我们管这叫一块好肉。"沉默了一会儿，他接着说："这样吧，我们也不想打乱你的计划，你应该也不会觉得有所不便——我的意思是，既然是现在这样的情况，不如我们把她分了？"

我不想喊，知道一旦扯开嗓子喊就收不回来了，脸皮一撕破局面就难挽回。我希望把所有的可能都留在眼前，尽管我感觉已经所剩不多。

我说她是一个宠人。他们很清楚，吃宠人是犯罪，是要受法律惩罚的，不能这样做，就这么简单。他们把我上下打量，没说话。其实我也盯着他们呢，一点一点捕捉着蛛丝马迹，终于发现他们其实一副窘相，我引诱出了他们敏感的恼火神经，他们是那种生活中已几乎一无所有的人，偏偏又有更强大或者至少更幸福的人一而再再而三地跑到他们面前说，他们一无所有中唯一的乐趣也不被允许。他们怎么有时间天天过着无赖一样的生活？也许他们已经很久没有工作，或者刚失业。或许他们曾经大胆捍卫自己的利益，可是要求还没提完就被老板把话打断了，老板还威胁要用人类取代他们。他们也许自觉已成沦落一族，需要仇视人类、虐待人类，尤其需要吃掉他们，因为他们感觉自己和人类之间已经没有太大差距了。正是为了勉强掩饰内心的苦大仇深，他们才装模作样虚张声势，脸上挂着嘲讽的同情。

“法律嘛，”歪头汉言之凿凿的样子，“你需要它的时候就搬出来。剩下的时间里，你在违法！我没有冒犯你的意思，我们也是这么干的，所有人都这么干。”小胡子添油加醋：“这是违法的……严重违法……都是屁话。那是上头说的。要尽手段，还瞎找碴儿。但不管他们说什么，这依然是块肉啊！对吧。也许你忘了，这不要紧。你等着，你很快会想起来。皮里面就是肉，近在咫尺啊！生命之肉，谁看见都会立马扑过去的。”为了不像上头一样光耍嘴皮子，他从雨衣底下掏出一把大刀，摸了摸刀刃，然后捏着刀身，刀把冲我递了过来：“你得试试。你知道，要抛弃成见，什么时候都不迟。”然后他开始解释，说什么这不失为眼下最好的解决办法了，他明白，这对我来说不容易。是的，一切可以就此终结，一瞬间的事。刀刃往伊丽丝脖子上用力一抹，旅途的不便、晦暗的未来、非法的身份、被抓捕移交司法机构的担忧、独腿的残疾生活，这一团团互相覆盖、模糊不清的焦虑乌云，一瞬间都将消失。如果我曾经那么珍视她——这点他们是可以明白的，尽管这不是他们的作风，我至少应该给她美好的一生来个美好的结束。

刀就在那里，只有几厘米的距离，就像今天早晨死神的距离。也许这是推迟死期的唯一办法，再迟一些可能就太晚了。我接住刀，掂了掂，好像在掂量他们刚说的话。我任凭自己的脸慢慢扭曲，不是吗，我不再抵抗了。我并不想这样，我结结巴巴地说……可是他们说得有道理。我徒劳地想让自己重新坚定起来，说：“这样最好……这样最好。”我朝伊丽丝迈出两步，和她面对面，看着她睁得大大的眼睛，然后突然转身，朝小胡子扑过去。但我还没明白怎么回事，人已经被铲倒撂倒摁倒在地上，双手交叉倒扣在后背。伊丽丝的眼睛瞪得更大了，我的耳朵被汗湿的胡子厮磨着，责备的咂嘴声在我的太阳穴处啧啧作响，我以为听到自己在说：“不，不是吧，不是吧。”我以为听见自己说：“这些人已经没有新招了。”我以为听见自己还在说：“该看的咱们都看全了。”这时，小胡子的声音在我耳边响起，真实得可怕：“原来你打算这么玩。好吧……我早该想到……不管怎样，你很慷慨地，把她留给了我们。是你自己想这样的。”

那个不停踱步清嗓子的家伙听到这话，就知道该做什么了。他出了我的视线，下了山。我听到汽车后备厢打开的声音。他再次出现的时候，肩上扛了一捆长长的绳子，手里拎着一只工具箱，看起来挺沉，拽得他的胳膊往地面坠。工具箱关得很紧，他低声埋怨着，费了好大力气才打开。他把箱子层层摊开，若有所思地把里面的内容检查了一遍，最后拿出了一把锯。

我的脸被摁进草里土里，小胡子压住我的胸腔，我气都喘不过来。

既然锯都掏出来了，我心里又想，再迟一些就真的太迟了。我问多少钱才能让他们把我俩放了。慌忙中，我还小声地认了错，说我不该发火，但是杀掉我们很可能会给他们带来麻烦，最好是找到一个大家都能接受的办法。

他们停下手上的动作，互相交换眼色。他们迟迟没有回答，肃穆的山顶似乎漂浮着死刑缓期执行的希望，但我发现我其实早已知道答案：现在提这样的建议为时过晚。他们现在满脑子只有伊丽丝，他们已经看见她了，觊觎着她的肉，这会儿放弃她对他们来说太痛苦了，且不说让步可能会让他们觉得耻辱和软弱。清嗓汉很快便示意我可以把钱留着：事情已经到了这一步，他们要的补偿可不是我给得了的。

他和小胡子一起捆住我的手脚：脚踝、手腕，双手反扣在背上。绳子是登山用的那种绳，用来把行李固定在车顶的也是同一种，但没那么粗，可以重复打结系紧。他们每每把绳子勒进我的肉里，每每打出一个完美的结，清嗓汉就操起锯子把绳子锯断，开始下一道工序。

捆绑任务完成，他们把我抬起来，微微调整了角度，重新放下，让我维持趴在地上的姿势，扭着脖子正好就能看见伊丽丝。小胡子凑到她身边，第一次当她是个存在的人，对她说话。“坏主人，”他从牙缝里挤出几个字，“拒绝让你死得有点尊严的坏主人。”他抬起她的下巴，轻声说：“别担心，大妹子。我们不会让你这样下去，我们会照顾你的。”

她把脑袋往后一缩，啐了他一口。他慢慢地仔细用手背擦去脸上的口水，好像什么事也没发生，又或者，长期以来他已经练就一种本领，侮辱在他身上激发的满足感比瞬时的怒火要强烈许多。

他们把她也捆了起来，手腕、膝盖。歪头汉从工具箱中捡起一把钳子，宣布现在是解放她的时候了。我拥有这样的财产，却未能物尽其用，他们觉得自己肩负着义不容辞的责任，必须把她从我手中夺走。

他们把钳子夹到伊丽丝右脚的身份环上，这样就让脚环和皮肤之间有了几毫米的距离，然后开始用金属锯进行切割。这种身份环几乎无坚不摧，他们花了好几分钟才把它锯断。

歪头汉终于把身份环取下来，直起身子，露出幸福的微笑。他把身份环套在食指上转圈，一边看着太阳。连夜赶制的身份环，我千辛万苦才从莱奥·奥斯提亚斯那里弄来的身份环，证明伊丽丝是宠人的身份环，连接网络便能获得她的定位的身份环，他就那样甩着甩着，把它甩进了空气中，甩得很远。我眼睁睁看着它掉进湖里，不到一秒钟就被吞噬了。几秒钟之后，湖面出现几个同心圆涟漪，然后，沉入湖底，微波渐息，湖面复平，什么痕迹也没留下。

他们回来弄我了，把我立起来，拿一块油乎乎的破布头塞住我的嘴，封上胶带，把我拉到旁边的一棵树旁。那是一棵开满花的樱桃树。他们把我绑在树干上，脸朝湖面，朝着南边，直面太阳。这样，从下面的停车场就看不见我。

他们回到伊丽丝那边去了，我不由自主地拧扯着脖子往那边张望。他们也想把她的嘴堵住，她奋力反抗，撕咬，发出刺耳尖叫，因为她感觉到这是最后一次了，没有什么能把她留住，没有希望，没有底线。歪头魔鬼把刀架到她脖子上："大妹子，你再挣扎，咱现在就了结。"他把刀用力按下去，表示他不是说着玩，"我不想现在就弄得到处是血，不过，要是只有这样你才肯老实，相信我，我们会让你老实下来的。"

他们终于把她的嘴也堵上了，清嗓汉将她扛到肩上，腿在前，脑袋在他背后晃着。她像我一样被五花大绑，但我能看见她的身子还在不停扭动。我已经看不见她的脸，浓密的头发把脸挡住了。我试图挣脱绳索，但绳索丝毫未松。我眯起眼睛看他们的车牌号，可车离得太远。后来，我的视线就模糊了，眼泪涌上来了，愚蠢的、毫无用处的眼泪。我只能看见他们一颤一颤的身影在斜坡上越来越小。她依然在挣扎，不停地挣扎，他们当中一人索性抡起大棍往她的脑壳狠敲一记。我看见伊丽丝的头垂了下去。他们把她双腿一折，丢进了汽车后备厢，干脆利落地合上门，三个人钻进车里，"砰砰"关上车门，然后发动汽车。消失了。

我是什么时候被放的？大概一小时或一个半小时之后。一对夫妇在这里停车，爬上山丘看风景，看山的另一边是什么。湖还在，阳光也还在，而我已形存实亡。

我结结巴巴地说我被袭击了，心中耻辱到极点。他们提议送我去警察局报案。话从他们口中说出，得隔好一会儿才能到达我的大脑。我开始按揉快断掉的手腕，然后是脸、额头、太阳穴、鼻子的四块软骨，希望能重新唤起一点气力，用来思考。去警察局，还是开车追他们去？我在心里说，马洛，办法一个个来，先在脑子里想好。如果我自己去追他们……我完全不知道他们往哪里去了，会耽误掉太多时间，他们应该已经走得很远了。我凭直觉选择的方向十有八九会让我离目标更远，最终一无所获。另一个办法，如果我报案……警察在帮我之前，在设下路障追堵嫌犯之前——我不愿这样想，但事情只能是这个样子，会先查找档案，会把这个案子跟医院已经报了的潜逃案联系起来，会把我也逮捕。毕竟，整件事情里头，我先是罪犯，然后才是受害者。他们也不会费力去找伊丽丝，反正她已经是废人一个，早晚得死。即便出于良心或是对贼人的厌恶，他们展开搜捕并且找到了她，也只不过是为了让大家都回到正常轨道，按规矩办事，把没打的针打了。

不，没有出路了。芝麻开门，嘿，救命，一切通道闭合。他们还在继续跟我说话，一会儿她说，一会儿他说，我看着他们的嘴唇一张一合，形成一些我听不见的词语。我模模糊糊看见他们的手在我眼前挥舞，荒唐得很。有那么一下子，我感觉有什么东西把我夹住了，而且夹得很紧。我心头一紧，瘫倒在地。起先我还以为是心脏突然发病。我仰面躺在地上，游荡在广阔的天空之中，云朵大多失掉了早晨肥美的白色变成灰蓝。就在这一刻，我看到了——就跟我在跟你们说话一样真实，一只鸟的身影从我头顶划过。它越飞越高，往太阳的方向飞去，飞过山丘，飞过我仰躺着的身体，飞过下方的湖面，然后拍拍翅膀，消失在厚厚的云团中。我看到了不可能看到的景象。这个世界没有鸟，因为我们把它们杀光了。不可能，当然不是。那不是一只鸟，不是一个奇迹，只是给我的一个暗号。我知道伊丽丝刚刚死了，这个东西不可辩驳地钻进了我的脑子里。瞬间，一切停止。一切变成灰色。我指着天空，问他们，声音沙哑："你们看到了吗？"他们不明白，把我扶到长凳上坐着，又去给我取水。透过潮湿的睫毛，我看见树在向风致敬，看见围着老房子的矮石墙，看见延绵的山丘一个接一个。多么美啊这些山！我刚才还指给她看来着。我对她说："如果你感觉还好，我们可以走走小路，你知道，我们有的是时间。"这是我最后对她说的话。

现在，黑夜。在我头顶，在我周围，在我身上。月亮和星星都在，但它们再也照亮不了什么。整个下午，我都游荡在乡野之间，像个疯子、瞎子，或是一个找不到栖息之所的幽灵。

我开着车到处转（讽刺的是，他们还把车钥匙留在点火开关上了），寻找一些蛛丝马迹：急刹车的轮胎痕、路面的血迹、折断的灌木枝或被压坏的草丛，总之是显示此处有过抗争的痕迹，或是被焚烧被剔骨的肢体残余。都没有。乡野就在那里，没有任何表示。我一边哭一边开车，不停地开，不停地开，圈子越转越大，为的是没机会对自己说——现在没机会，以后也没机会，我知道有一天我会这么说，我没有想尽办法。黄昏来临，暮色苍茫，天突然下起大雨。我想雨后来应该是变小了，但是侵入身体的寒冷却驻扎了下来。我没有勇气接着往南边开，甚至没有勇气打电话告诉亚尼斯发生了什么事。

终于，我朝西边开去，因为总得做点什么，我决定去我乡下的房子里。开车穿越一片片土地，路两旁什么也看不见，只有一个个地名闪过。当我到达人迹罕至、道路尽头的村子时，天已经完全黑了。各家花园里的狗主动把这一消息传播开去。我爬上台阶，打开门锁，推开门后的粗布拖把。冬天里，我们总是用粗布拖把堵住门缝，防止雨水渗进屋里。我打开水和燃气开关，厨房的壁柜里除了米和扁豆就只有空果酱罐，绵白糖已经硬化。

花园里的桌子历经了一个冬天，桌面全是落叶和枯松针。我坐在桌旁，强迫自己吃东西，却咽不下去。我脑子里不停地想，这是她死后我的第一餐，不管我做什么，都是在离她远去，都证明我还活着，都在把她埋在已经成为过去的生活里。从今往后，我们将被这道看不见的冰冷的沟远远隔开，比以往任何时候都远。

我心中响起一个声音：马洛，马洛，你已经尽力了。另一个声音，更加灰暗，从一个未来已经注定的地方飘来：马洛，你也许救得了她一次、两次，但救不了第三次。还有一种声音，它什么都不信，远远望着：不管怎样，拯救也不是救，只是死缓延期而已。

花园里的树在周围沙沙作响，这是个星星闪烁的夜晚。没有了城市的灯光和烟霾，夜空中可见辽阔的银河，我还能勾勒出我们旅程的部分路线。也正是如此，我才喜欢来这里。我心中平静了一些，悲伤减轻了。我对自己说：至少她活过。十一年来，她一天天经历着她的生活。她比那些累瘫在工厂宿舍或双手抓着牢房铁窗的人类幸运，因为我们拒绝给予他们同样的运气。

她本可以是自愿从受害者的队伍中出列、击退平庸的死亡、躲开人们排排码好的条条尸体、收获名字和奖章的那个人。伊丽丝——只此一人。她本可以在这座花园里面奔跑，她本可以得到幸福。我喃喃自语。

我站起身，慢慢踱着步，跟在她身后，踩在厚厚的阴影里，被习惯和比黑夜里的树篱和木丛更黑的黑暗引领。成年人和魔鬼往往身形巨大，我得弓着身子才能钻进那片小矮林，那里有她和亚尼斯打造的小屋。我静静地待着，看着她在屋里，不声不响，被保护着。接着，我去拜访小后门附近的松树。她经常爬到树上，在速写本上画下从高处看到的村庄或者接近树上的野猫。我静静地待着，看着她侧坐在最粗的树枝上，腿上满是划痕和未干的树脂。

我像花园一样呼吸着，分享它的夜生活，我感到自己开始重新另一种呼吸。我返回屋里找纸，把抽屉逐个打开，结果在餐具橱的抽屉中发现了一些纸牌和光泽暗淡的烛台，还有小学生作业本。雨天里，我母亲就拿这些本子给亚尼斯写字，让伊丽丝画画。我拿了几本来自旧世界的作业本，放到花园的桌子上，然后回到屋里。未料到楼梯在我脚下吱呀作响，直到阁楼。

门后的一切还是原来的样子。那些东西，存在的时间比我长，它们在等着我，和我最后一次来这里的时候没什么两样，甚至还保持着当年住在这里的人类留下的样子，那是在我的父母接手这座房子之前：床上，木质床绷结满蜘蛛网；墙上，黑白肖像的目光永恒，总是吓着伊丽丝；车架爬满铁锈的自行车倚在木偶剧的背景画上，还有一架望远镜，藏在罩子下，更好地经受住了时间的考验。其实它没那么老旧，是我父亲在我们告诉他萨斯琪雅怀孕的时候买的，而且，作为回应，他应该也是在那时候向我们宣布他时日不多，见不到亚尼斯了。

和五十公里开外的天文台的望远镜相比，这台望远镜有些寒碜，但我们还是很喜欢用。我抱着它，镜筒顶在髋部，一级级走下楼梯，我仿佛又看见八月里的夜晚。当周边村庄的收获季节到了最热闹的时候，白天的炎热刚刚退去，我们欢乐的篝火就燃起来了。我母亲有放火的癖好，为了把火烧得更旺，她到处找枯枝，剪掉树篱，看着火苗狂舞，越蹿越高，每秒变换不同的姿态。但只要一到黄昏，我就会像父亲在世时那样，让她停下，让烟慢慢散掉。我们回家吃晚餐，火也慢慢熄灭。等到天完全黑下来，我们便搬来躺椅，在灰烬堆旁围坐一圈，守着流星。亚尼斯沉浸在他的小世界里，谁也打扰不了；伊丽丝则迫不及待，她钻到我身边，搬出一长串问题。她对天空还没有什么方位感，于是让我帮她调望远镜，告诉她该往哪里看，该怎么找。有时候她会问我，如果有天她准备好了，我会建议她去哪颗星球？我说那样不行，太远了。我试着让她明白，人类的生命太短暂了，不足以完成这样的旅程，但又尽量不让她太过失望。要完成一趟太空旅行，要到达某个地方而不是死在途中，至少得拥有我们这么长的寿命。尽管我自认为已经把我对她的所有的爱都倾注到了我的声线里，但她听完我的解释还是瞪着我，好像我刚才多么严重地伤害了她。

黑夜，现在，是黑夜。我把望远镜安放到花园里，调好，重新坐下来。我在发黄的旧作业本中找到了伊丽丝的速写、亚尼斯像苍蝇腿一样的字，还有，在最旧的一本里面，一连好几页，是孩童的我在练习自己的名字。马洛，马洛，马洛·克莱斯。那时候，马洛·克莱斯的前方还有一切可能的和所有的生活，我想不到有一天自己会如此孤独。我又翻过几页，直到空白页，在上面写了起来。我写下了最近发生的事，尽量如实描述事情的经过，以免他们在我的记忆中失效和遗忘。

夜已深，灯晕明晰，月晕模糊，我写下了这些话。我写下了这个词：失败。但不仅仅是我的失败。不管是否愿意，我们所有人都走到了这一步。略有迟疑的、原路返回或另择他路的人是少数者，几乎所有人都生怕掉队，你推我攘；几乎所有人都想方设法忘掉无限生产在这里引发的灾难，并且奋不顾身地投入其中，而灾难就如同地平线，决不后退，当然，逆流而上的少数者，得到的首先肯定是粗暴的对待。

我在同一张纸上重复写道：失败。再往下——马洛·克莱斯，声明自己所说属实并签名：失败。但它超越了我个人的失败，它是溃败。如今我不再感到当主人的乐趣，甚至有种羞耻感，意识到我任由自己沉浸在当主宰者的快感中太长时间了。当我想起昨天的辩论……我们不能声称自己比人类优秀或高级，因为我们其实亦步亦趋地跟随他们犯下天大的错误，我们的历史似乎注定要重复他们的历史，我们应该想想是不是在某个地方悄悄存在着某条绕不过去的定律。可以说：欲主宰者必失；有人拥有更多，必有人失去更多。

曾经以为在这一点上稍微躲开了一点的我，看来也得归入这一拨。我在骄傲中浪费了自己的生命。我用了太多时间才明白，解放他们也是我们的职责——这种暴力和其他暴力一样不可承受。我早就应该开始斗争，而不是等到受了伤、当头挨了一棒、身体被丢进汽车后备厢、幽灵跳起无眠的舞，等到几乎已经没有力气才投身这场战争，我似乎既无法有所行动，又不可能完全无所作为。

花园里的树在我周围沙沙作响。我听着风给它们带来的生命、没有歌词的旋律和它们的平静。我继续写着，因为这几天我感到有一种书写的需要，因为故事就在那里，必须走到头，必须给它一个结束。就在刚才，我问自己，我为谁而写。我意识到我并非为自己而写，也不为伊丽丝，她已经读不到了。我想了想——我想到了你。

亚尼斯，我当然要想到你，也许因为是我欠你的，或者因为我已经完蛋了。我把关于你的画面一点点拼贴起来，从画海洋地图的小男孩，到研究海洋的成年人。我对自己说……亚尼斯，你还小的时候，还是个名副其实的小男孩的时候，人们对一个孩子的期待，是他认出图册里的动物，是他记得它们的名字和叫声，是他由此认识世界的辽阔，是他在动物寓言故事的保护下成长。与此同时，他也开始食用所有我们在陆地上养殖的、海里游的东西。在他的小脑瓜里，关于我们作为主宰者的认知每一天多一点，每吃一口就更深一点，好像这一切生来就是这样。

可是，当轮到你的时候……也许等到你抚养孩子长大，你的目的会很不一样。你要教会他在不穷尽大地、不造成无谓痛苦的前提下养活自己。不过。话是这么说，这样的世界还很远，它属于那些被叫作梦想的希望。有些人称其为梦想，是因为它们不可企及，有些人是为了显示自己不那么天真，他们知道梦想不是一蹴而就之事。但是，不管怎样，我希望你那一代会做得更好，希望你们可以修炼出另一种同情心，和这片土地上的其他生物建立起某种共同体。这会很难，我们的起点太遥远，我们给你们留下如此的狼藉一片。

花园里的树在我周围沙沙作响。三棵壮硕的梧桐、该修剪的山毛榉和我在你出生时种下的蓝粉云杉。不，不对。陷阱，又一个陷阱。我不能对你这么说，我们总是希望后继者做得更好——为了不向心中的苦涩低头，然而眼看我们倾尽心力的美好事业遭遇的命运，我们心中又如何能不生出苦涩——我们总是如此希望，我们又几乎总是失望。我不能因为伊丽丝的离开、因为觉得这分量太沉重就把它搁到你肩头。我们不能把斗争交给别人。激励我们的那些斗争，我们要重新再来，继续下去，不缴械投降。从今往后，我将不去计较观望者、看热闹者和过于轻信者有多少，而要去寻找那些微小的声音，那些敢说这里有丑闻、有荒唐、有恐怖的声音，我要让这样的声音多起来，响亮起来，强大起来——为了去抗议。我会这么做。明天，我会这么做。

因为现在已是黑夜了。在我周围，在我身上。星星在我头上。总算有一次，它们在那里，点缀着夜空，清晰可见。我很清楚，即便它们投来的光亮看起来似乎没什么差别，但它们都不一样。它们拉起我的手，轻轻地把我带入它们的联想。我的眼睛贴着望远镜的观察孔，脚已经不怎么着地。我有点飘飘然，我到了天上，它们把我拽了上去，让我失去控制。我也不作反抗，因为实际上，宇宙思想正是我的故乡。

自从我们这一物种开始迁徙生活以来，有不少神话支撑着我们，其中有一个疯狂的念头，那就是，当我们必须重新上路那一天——因为重新上路是常有的事——星星会告诉我们的，它们会来找我们；当我的父母、他们的父母、我所有的祖先们还在上头，当天体之间的旅程缓慢到绝望的时候，他们肯定说过这样的话，肯定也问过自己：还有多久？这个问题适用于旅途，同样也适用于我们在这里的存在。

还有多久？大概不会太久了。无限，我们没有。我问自己——因为现在已是黑夜：谁会先结束？巨大的冰山，鲸的后空翻，还是我们的统治？一面斗争着，一面全身心相信我们会成功，那会是件美好的事。可我又问自己，我们是否有那么强大，能让我们的未来感战胜纠缠我们的当下？为了他人而限制自己，而这些人并无能力强行要求我们这么做：是我们想这样吗？我们能做到吗？

那么，什么会先结束？如果不是我们的统治，谁会第一个结束？孩子们的欢笑，大猴子们居住的老树，人类还是动物？如果我们再作停留，我们的生存方式会令他们消失。我愿意相信——因为星星在我头上——我们愿意为他们放弃自己的利益，但根据我对我们物种的了解，可能性更大的是，我们会掩盖某些呼声，几乎一点罪恶感都没有；我们会强势且高调地宣称，没有用处的他们和我们一样呼吸这空气，侵占了我们本可以拥有的空间。等我们得到如此判断的后果，我们将比现在更孤独。说实话，就像今晚的我一样孤独。在模糊的月晕中，我们会抽出时间问自己，其他所有生物是否就真的活该我们眼睁睁看他们悄然死去；我们是否对摆脱了这些低等物种而感到满足；这份孤独是否合我们的心意。

最可能的是——因为现在已是黑夜——我们径直向前，继续干我们会干的那些事，并不停地说没那么严重。杀戮，蓄意也好，无意也罢，可以说都是我们的拿手好戏：把成千上万的物种带向灭亡之路，奴役其他物种，直至他们的存在配不上“存在”一词。不过，毁灭生命，那还不至于。会有一个以后，我们会在以后到来之前停手。

我不能无视以后，毕竟星星就在我头顶。生命会悄然实施它的法则，一如往常。大自然无声的选择会将我们通通剔除，替代我们的会是其他更优越、更节约而且不像我们这么浮夸的物种。尽管令人悲伤，但不得不承认，得以留在地球上的，不会是人类，也不会是我们。留下来的或者新加入的会是我们连名字都不知道的其他物种。而且，既然我们已经不在，也就没机会没完没了地给他们起名字了。也许他们会找到我们停留过的痕迹，给我们起新的名字。

至于我们，不管怎样，如果不能立刻改头换面，剩下的年头屈指可数。我们可以用尽力气推迟末日的到来，穷尽我们的聪明才智，推迟一次、两次，可失败总会追上来的。我们拯救的不是地球——我们总是把拯救挂在嘴边——而是一种可能性，是我们自己停留、居住在这颗星球上，过上舒适的生活，找到一种叫作平静的东西的珍贵而脆弱的可能性。对于地球而言，没什么可担忧的，它会继续存在，很久很久，直到太阳灭亡。在这个神奇的太空之中，所有的星球都是这样，它们承载着生命的时候当然更美丽——但生命并非为永久存在而生。有一天，呼吸停止，再看不见，听不见。不再有激动的面孔，不再有磁性震颤的声线，不再有发紧的喉咙。中断了，停止了，然而，我是多么希望它继续下去。

译后记

外星人马洛·克莱斯营救人类伊丽丝的故事让我想起电影《卡拉是条狗》。要是把马洛的故事搬到现实中来，大概就是老二为救爱宠卡拉四处奔走，花钱办了假狗证，从派出所领回了狗，未料回家途中遇上红了眼的狗肉贩子，卡拉被劫了去，留下他徒劳地在原地喊“吃宠物狗是犯法的！”马洛的世界里，人类有三等：工人、宠人和肉人。工人干活，宠人陪伴，肉人被吃，分工明确等级森严，肉人不得冒充宠人，宠人不应被食用，就和有些人类吃狗肉但不吃宠物狗一个道理。马洛属于高级外星人物种，冷静理性，生命力极强，寿命长，但他算是外星人里的异类，当他的同类们大口吃人肉的时候，他偏偏要克制自己吃肉的欲望，因为他见识过人肉生产线的一切。他从养殖场救出肉人姑娘伊丽丝，养在家里，给她办了假身份证，甚至对她产生了跨越物种的情感，从那时候起，他对人类命运与价值的疑问又多了一层。

尽管高级外星人主宰着地球，但亲爱的读者，我相信你也发现了，小说里的世界与当下的世界并无大的不同：超级大都市，钢筋水泥，高楼林立，立交纵横，空气污染严重，人们生活在那里，睡觉吃饭上班下班，医院人满为患，养殖场卫生情况堪忧。不同的是，养殖场里大规模养的不是猪也不是鸡，而是人。

人肉是如何生产出来的呢？跟猪肉差不多。不管外星人来到地球之前吃荤还是吃素，反正他们照着人类养牲口的法子打造了人类养殖场：把人圈在逼仄的牢笼里，阉割，催肥，禁止户外活动，时候到了，便塞进卡车送到屠宰场；然后，电流通过身体，也许知觉尚存，但为时已晚；然后，尸体分割成块，摆到超市的货架上，谁也看不出肉块原先的模样，“只剩下肉，肉从哪里来很容易被忘掉，只要饥饿还在，肉就是可口的”。

不知道你在读到男孩被扯掉睾丸，人体被割喉、放血、剖开、分割的段落时脑补了什么样的场景，是不是身上有什么地方隐隐作痛。也许你觉得有点重口味，不愿多想。然而这样的戏码每分钟都在我们身边上演，我们为了吃到肉，新鲜的、美味的、可口的、带血的肉，对动物做着一模一样的事。被截除的牛角，被钳断的鸡嘴，被碾碎的小公鸡，被剪断的小猪尾巴（不打麻药的哦）……我们通通看不到，我们背过脸去，心安理得地吃着盘里的肉。我们选择不去知道牛羊猪鸡鸭鹅在来到我们的饭桌上之前都经历过什么，有过怎么样的撕心裂肺和鬼哭狼嚎，屠宰场不在我们家隔壁，我们听不到嚎叫，看不见血流成河。吃肉是件多么天经地义的事，再正常不过了。我们那么在意自己的味蕾和舌尖，那么多的美食家一边吞咽口水一边头头是道，谈论不同的肉的烹饪诀窍。美国思想家拉尔夫·沃尔多·爱默生一百多年前就说过：“我们优雅地享用我们的正餐，血腥的屠宰场被精心地隐藏起来、巧妙地坐落在数英里之外，这之间有一种默契。”

我不是素食主义者，之前不是，现在不算是，以后不知道。既然我不吃素，想必没有资格要求别人吃素。即便我吃素，也不意味着我就有资格站在道德制高点上要求所有人都这么做。但是，既然你和我都已经到了这里，不妨停下手中的筷子两分钟，想一想。

为了满足自己的口腹之欲，我们人类每年要杀掉六百亿陆地上的动物，一万亿海里的生物。畜牧业排放的温室气体占全球排放总量的15%，相当于交通运输业的温室气体排放量，70%的种植农业是为了给畜牧业提供养料，畜牧业也是森林面积缩小的罪魁祸首。海洋正在变成坟墓，拖网渔船把大海抄了底，小鱼还没来得及长大就被捞起，我们愣是把金枪鱼、鳗鱼、石首鱼等等吃成了比大熊猫还濒危的物种。我们正在经历第六次物种大灭绝的过程，上一次物种灭绝得上溯到6600万年前，恐龙就是在那时候灭亡的。

细思极恐，弄不好，地球生物就要灭在吃货口中。

《主人的溃败》之题取自笛卡儿的哲学著作《方法论》。他在17世纪憧憬着科学的无所不能，预言，人类只要把“水火、空气、星辰、天宇及周围一切物体的力量和作用认识得一清二楚，因势利导，充分利用，便能成为自然的主人”。21世纪，人类一副俨然稳握科学利剑的架势，樊尚·梅萨热的预言却没那么振奋人心：“主人”要败下阵来。小说中，以自然的“主人”自居的人类败在了更高等的生命脚下，而自以为是人类“主人”的高等生命外星人亦步亦趋地步人类的后尘，犯下和人类一样的错误，败在了自己手中。他们遭遇了不一样的溃败，却都出于相同的原因：自大到目空一切。17世纪，笛卡儿开拓了理性主义，点燃了启蒙运动的光亮，人类脱离迷信，进入了科学求知的新纪元。21世纪，梅萨热则说：“这个时代需要新的启蒙运动。我们的生产和社会组织方式制造了太多暴力、遗弃和无可挽回的破坏：必须在现实中寻求突破，而要在现实中寻找突破，想象，从某种意义上能帮我们走出第一步。”所以他写下这么一则警世寓言。

“双十一”刚过，网络消费的狂欢从中国蔓延至全球，几千亿的成交额像一剂凶猛的兴奋剂，人们在买和卖中达到了某种高潮。欲望攀附在快速生产和消费的链条之上，如恶性肿瘤细胞一样迅速扩散。我们无休止地向这颗星球索取资源，制造出不管廉价还是昂贵都一样不是必需的商品，然后任凭它们变成无法消灭的毒瘤。

“人类，它们是否为自己为了所谓不可抑制的欲望而糟蹋地球感到自责？某些人，当然，少数吧，但说真的，有多少？有多少人意识到自己对此负有责任？有多少人愿意给自己的欲望加个限制？有多少人为此夜不能寐？”

梅萨热说得没错，这个时代需要新的启蒙运动。

译　者

北京，2017年11月15日